Fais danser la poussière

Marie Dô

Fais danser la poussière

PLON
www.plon.fr

ISBN : 978-2-259-20379-1

A Lola et Misha...

J'ai le droit de dire et d'être écouté
J'ai le droit de savoir, le droit de vouloir
J'ai le droit de rire, le droit de chanter
J'ai le droit de choisir, le droit d'aimer
Je veux survivre, vous m'entendez
Je suis petit comme tout ce qui grandit
Je suis fragile comme tout ce qui prend vie
Emporté par une envie extrême de vivre...

Zarina s. KHAN, *La Chanson de Maia.*

1

C'est le même manège chaque matin, prisonnière sur ma chaise en rotin, je surveille Rose qui me tourne autour, inflexible :

– Tu ne bouges pas tant que je n'ai pas fini !

Rose, c'est ma mère, une jeune fille à la peau très blanche. Elle a de longs cheveux de sirène, des cils papillon, des lèvres coquillage et une façon très spéciale de me regarder... Comme si elle n'était toujours pas remise du miracle, car je suis un miracle ! Quand je lui demande comment je suis arrivée dans sa vie, Rose me répond :

– Par l'opération du Saint-Esprit, comme la Vierge Marie !

Elle en veut beaucoup au Saint-Esprit, il a complètement raté mes cheveux. Rose dit « tignasse », « crinière », « nid à tapons », comme si on l'avait trompée sur la marchandise. Un peigne entre les dents, elle se venge sur ma tête deux fois par jour à coups de poils de sanglier :

– Il faut souffrir pour être belle, Minouchette, cesse de bramer.

Rose glisse ma touffe dans le crépon, m'enfonce de grosses épingles et me met mon ruban. Son long soupir m'annonce la fin du supplice :

– Ce que j'aurais donné au bon Dieu pour avoir une fille aux cheveux raides !

Je bondis de ma chaise pour m'admirer. C'est terrible, le résultat dans la glace n'est jamais à la hauteur de mes souffrances ! Avec mon chignon et mes bonnes joues, je ressemble à une religieuse au chocolat. Attention, Rose a une idée très précise de la couleur de ma peau, *non, sa fille n'est pas noire, elle est métisse, marron vanille, ce qui n'a absolument rien à voir !* Dès les premiers jours de mai, elle m'enfonce un chapeau jusqu'aux yeux. A Paris, je trouve le moyen de bronzer.

Rose fait tout ce qu'elle peut pour réparer les bêtises du Saint-Esprit, j'ai une garde-robe de princesse, je ne sors jamais au jardin de la place des Vosges sans gants blancs et souliers vernis, ces personnes qui se retournent sur notre passage doivent me voir toujours impeccable et jolie, c'est Rose qui le dit ! Il y en a encore pour nous regarder de travers, ou me tripoter comme si j'étais une poupée, cette dame par exemple qui fond devant ma frimousse basanée... Rose m'entraîne aussi sec vers la sortie alors que nous venons à peine d'arriver.

*

Marceline s'étonne de nous voir déjà de retour. Elle demande à sa sœur ce qui s'est passé, Rose se justifie par une série de « hum, hum » qui les fait s'enflammer toutes deux comme des allumettes. Le pire, c'est « fille mère », l'explosif ! Rose fourre nos affaires dans un grand sac plastique, elle me fait dévaler l'escalier de l'immeuble tandis que Marceline me hurle du palier :

– Maya, rentre à la maison tout de suite !

Nous nous échappons dans la rue et Marceline finit par nous rattraper, en larmes et la bouche pleine d'excuses, mais Rose refuse de l'écouter. J'éclate en sanglots sur le trottoir, les deux sœurs se précipitent pour me consoler, elles se renvoient la responsabilité de mon chagrin, nous rentrons toutes les trois à la maison en nous tenant sagement par la main.

Qu'est-ce qui vexe Rose ? « Fille mère » ça lui va tellement bien ! À vingt-cinq ans, elle est une maman encore très enfant, le genre à boulotter mes sucreries pour se consoler et à se terrer sous mes couvertures les soirs de tonnerre. Blottie contre moi, Rose sursaute à chaque éclair et se bouche les oreilles à chaque grondement du ciel. J'ai beau lui répéter du haut de mes six ans et quatre mois :

– Faut pas avoir peur de l'orage, maman, c'est le p'tit Jésus qui joue au foot avec les nuages !

Rose est trouillarde, mais elle a aussi des pouvoirs magiques. Elle sait de quelle maladie je souffre avant le médecin. Elle sent arriver la pluie et la neige mieux que la météo. Des anges lui rendent visite dans ses rêves et lui annoncent des événements qui arrivent toujours dans la vraie vie. Marceline peut se moquer de sa sœur et de ses visions, l'appeler l'« Immaculée Conception », Rose dit la vérité ! Je ne peux lui cacher aucune bêtise sans qu'elle la lise sur mon front.

Marceline, c'est tout l'opposé, elle se croit maligne mais il n'y a pas plus facile à berner, miro comme elle est. Quand elle se fâche contre moi, je lui fais mon regard de sorcière rien que pour l'entendre grincher :

– Tout le portrait de sa mère !

Si seulement c'était vrai... Rose et ses longs cheveux lisses, sa peau blanche comme le lait... J'ai beau interroger tous les miroirs, je ne vois rien de ma mère sur mon visage, sinon ce V entre mes sourcils quand je suis anxieuse ou en colère. Mais si je ferme les yeux et si j'oublie de quoi j'ai l'air, alors oui, je suis Rose tout craché ! Comme elle j'adore rire et danser, comme elle la belle musique me fait pleurer, comme elle je crois aux anges et je sais lire dans les pensées.

*

Marceline est un livre ouvert, Rose est plus compliquée. Je ne sais jamais quand elle va rire et quand elle va pleurer. Souvent, elle fait les deux en même temps. C'est la même chose avec ses sentiments, un jour je lui fais honte, un autre je suis une princesse !

– Une vraie princesse, m'affirme Rose très sérieusement en me bordant.

Les princesses de mes livres sont toutes blanches avec de longs cheveux blonds, alors à qui se fier ?

Rose me fredonne *Only you* dans un micro imaginaire, une chanson qui lui fait monter les larmes aux yeux. Elle voit l'heure sur la pendule et s'arrête net de chanter :

– On dort, Minouchette, finie la nouba !

Depuis ce fameux après-midi, place des Vosges, elle ne quitte jamais ma chambre sans me rappeler, un doigt sur la bouche :

– Chut, Maya, tu gardes notre secret.

Promis, juré, sur la tête de ma mère !

*

Il faisait un soleil, c'était l'horreur ! Rose m'a vissé un chapeau sur le chignon et nous nous sommes précipitées à l'ombre des arbres. On a joué à *pierre-feuille-puits-ciseaux* assises sur un banc, puis à deviner ce que l'autre a dans la tête. J'avais trouvé « fruit » alors que Rose pensait « cerise », quand un géant noir est venu nous déranger, un croissant de neige en guise de sourire. Il a tutoyé Rose qui l'a tutoyé aussi, alors qu'elle m'interdit de tutoyer des inconnus !

– Tu es venu...

– Tu en doutais ?

L'homme a roulé des yeux pour m'amadouer. Ça ne m'a pas fait rire, ça m'a fait peur. Il a baissé le nez sur ses grandes chaussures beiges et il a murmuré :

– Elle est jolie...

Rose a pris le compliment pour elle :

– Merci !

– Je peux la prendre sur mes genoux ?

Je me suis blottie contre ma mère pour réintégrer ses entrailles.

– Je ne comprends pas. Elle n'est pas sauvage d'habitude.

Ils ont parlé d'une lettre que Marceline ne devait pas trouver et d'autres choses qui m'ont paru compliquées. L'homme s'est déplié du banc. Sa tête est allée cogner le ciel. Il a pris la petite main blanche de ma mère dans sa grande main noire et il l'a portée à ses lèvres. Rose a retiré sa main d'un geste vif. Elle souriait, mais ses yeux étaient fâchés. Il y a eu comme un flottement dans l'air. L'homme s'est penché pour m'embrasser. J'ai détourné la tête malgré moi. Il a écarté les bras en signe d'impuissance. Rose a haussé les épaules et pris ma défense :

– Elle ne te connaît pas !

Je n'ai plus écouté le reste, un pigeon volait au-dessus de ma tête pour faire son nid dans mon chignon...

Ils se sont dit à un autre dimanche dans ce même jardin...

Je cherchais des yeux le garçon sur la boîte de sel Cérébos. « Veut-il faire du mal au pigeon ou jouer avec lui ? » Une question que je me pose à tous les repas.

Soudain, une voix impatiente m'a tirée de mes rêveries :

– Minouchette, tu m'écoutes !

Rose était accroupie devant moi, notre V entre les sourcils. Le géant noir avait disparu du jardin :

– Ne parle jamais de cet homme à Marceline, elle le déteste. Promets-moi de te taire et je t'achète deux paquets de sucettes.

*

Rose quitte ma chambre et Marceline vient me dire bonsoir. Elle s'assoit au pied de mon lit qui se creuse et chavire comme un bateau sous la tempête.

– Maya, as-tu brossé tes dents, récité ton « Notre-Père », lu ton petit livre sur les éléphants ?

J'appuie bien fort sur le r pour mieux persuader Marceline :

– Oui ma*rr*aine !

Ses yeux bleus myopes me sondent derrière ses grosses lunettes :

– Qu'est-ce que ta mère t'a encore raconté pour que ça dure aussi longtemps ?

– Rien ma*rr*aine !

Marceline tapote sa jupe plissée, méfiante. Elle a peur des mots et trouve que Rose me parle trop. Je lui pose des questions sur ma naissance, Marceline monte tout de suite sur ses grands chevaux :

– Ah, ne recommence pas avec ça, Maya, j'ai suffisamment de soucis !

Marceline préfère me lire *La Passion du Christ*. Après, elle me fait répéter les noms des saints de la Cène, et gare à mes fesses si j'en oublie ! Ce n'est pas pour rien qu'elle m'a inscrite à l'institut privé Notre-Dame dès ma sortie de crèche. J'ai su lire à quatre ans, et tout le quartier est au courant ! Marceline ne peut pas entrer chez un commerçant sans se réjouir de ma précocité, et elle dit toujours en sortant :

– Plus elle en saura et mieux on oubliera le reste !

Rose m'emmène à Guignol ou au cinéma, mais avec Marceline, c'est valse des squelettes au musée de l'Homme et messe tous les dimanches :

– Les petits-enfants qui ne vont pas à la messe, Jésus les envoie brûler en enfer !

*

Il faut arriver tôt à la messe, pour saluer nos bons amis de la paroisse qui m'appellent « ma pauvre petite fille » comme si je n'avais plus rien à manger. On entre dans l'église sur la pointe des pieds si Monsieur le curé fait un boucan d'enfer avec ses godillots quand il remonte l'allée. Il nous ouvre de grands bras, à croire qu'on ne s'est pas vus dimanche dernier ! J'ai beau me planquer derrière Marceline, il m'attrape la joue et la tire-bouchonne entre ses doigts :

– Alors toi, comment ça va ?

Je n'ai pas le temps de l'ouvrir que Marceline m'enguirlande déjà de cette voix perchée haut qu'elle ne prend qu'à l'église :

– Maya, veux-tu répondre à Monsieur le curé !

J'ai le fou rire. C'est la faute à Bouba, un personnage qui me suit partout comme un bon chien fidèle. Bouba a la consistance aérienne et l'esprit élastique d'une bulle géante de Malabar. Il ne supporte pas que je m'ennuie. C'est lui qui met le *dawa* dans l'église, fait s'écrouler la chaire sur la tête des fidèles, dérailler l'orgue, basculer Monsieur le curé dans le vide soutane par-dessus tête. Marceline me calotte pour que je me calme. Bouba et moi, on continue à glousser tout bas devant le ballet des genoux, des jupes, des pantalons de ces voraces qui se ruent sur l'hostie. Elle ne doit pas avoir bon goût, l'hostie, à voir la tête qu'ils tirent quand ils reviennent à leur place ! Monsieur le curé attaque son dernier cantique, Marceline le reprend à tue-tête, fière de son vibrato. Elle me beugle dans les oreilles, l'odeur lourde de l'encens me donne la migraine, puis c'est le vacarme des cloches qui sonnent ma libération. Je vole vers la sortie, prête à mordre dans la tarte aux fraises promise « si je suis bien sage à l'église ». Avec une grimace de dégoût, Marceline oublie toutes ses belles promesses de bonté faites au petit Jésus pendant la messe. Jamais elle ne veut mettre d'argent dans le chapeau de Fanfan, le clochard du parvis :

– Il irait le boire.

Je ne savais pas que les pièces de monnaie se buvaient... Encore un mystère qui s'ajoute à la boîte à sel et au Saint-

Esprit, ce tourmenteur qui me traque jusque dans mon sommeil... A quoi ça ressemble un Saint-Esprit ? Sait-il qu'il a une fille ?

*

Le combat reprend entre les deux sœurs dès qu'elles me croient endormie. Leurs voix grimpent dans les aigus derrière la cloison. J'ouvre des oreilles d'éléphant, sans forcément comprendre tout ce que j'entends.

– Monsieur se réveille après six ans de silence et il faudrait lui dérouler le tapis rouge...

– Je suis majeure, je fais ce que je veux avec ma fille !

– Comment l'aurais-tu élevée, ta fille comme tu dis, si je n'avais pas été là ?

– Tout te sera remboursé, Marceline, ne t'inquiète pas !

– Ça n'est pas la question. Je ne veux pas que ce... que ce Nègre, parfaitement, perturbe ce qu'on a...

– Ah ! Ah ! Ah ! Ça use ses genoux sur les bancs des églises et ça crache sur son prochain dès que Monsieur le curé a le dos tourné ! Tu me fais rire avec ta religion. T'es qu'une grenouille de bénitier. Il veut la promener un dimanche, c'est la mer à boire ?

– S'il la kidnappe ? S'il nous l'expédie dans son pays de sauvages ?

– Ah ! Ah ! Ah !

Le rire de ma mère me rassure à peine. De quel sauvage parlent-elles ?

Silence. La hache de guerre semble enterrée.

Soudain, j'entends la porte de ma chambre grincer, des pas se rapprocher de mon lit. Paupières serrées, je joue l'endormie. Une odeur de lavande me chatouille les narines. Je reconnais la main fraîche qui me caresse le front.

– Dors bien, ma poupée, me chuchote une voix familière, ta mère peut comploter ce qu'elle veut, je ne la laisserai pas nous séparer ! Je vais t'envoyer chez tante Alice tout l'été... Tu respireras le bon air de l'Aveyron, et moi je m'occuperai du moricaud.

Elle s'éloigne sur la pointe des pieds. Bouba fait chanter le plancher à chacun de ses pas.

2

Je n'ai jamais quitté Paris, jamais croisé de vaches en liberté dans les rues, jamais cueilli de noisettes dans les arbres ; jamais vu un magasin aussi petit que la Coopérative où l'on vend autant de choses à la fois, des romans-photos, des espadrilles, des sucettes sifflantes, du tabac, des fruits, des jambons secs suspendus au plafond par un crochet. Jamais habité non plus dans une vraie maison, en pierre, avec un toit rouge et une cheminée comme sur mes dessins ; une maison isolée au milieu des prés, seulement visible des voyageurs de la voie ferrée ; une maison qui porte un nom : « La Nogarède ». Tu la trouves sur la route de Cransac, à la limite d'Auzits, un joli village coupé en deux entre montagne et vallée. Elle se cache au fond d'un long sentier caillouteux difficile à grimper. Fais bien attention aux vipères qui se cachent sous les pierres chaudes, et ne mange surtout pas les jolies boules rouges des plantes qui bordent le chemin, sous peine de mort foudroyante ! C'est Alice qui le dit, ma grand-tante, la seule famille dont on m'ait parlé.

Chez Alice, tout est rond, doux, velouté ; son ventre, sa voix, ses joues. Elle porte des robes aux couleurs fatiguées, glisse des petits peignes en écaille dans ses cheveux permanentés, elle a les dents du bonheur quand elle sourit, et aucune de mes questions ne l'effraie. Je l'aide à éplucher les haricots verts sur la toile cirée de la cuisine. Alice coupe les têtes et moi j'enlève les fils.

– Pourquoi je suis toujours sale, Alice ?

– Comment tu es sale ? Je viens juste de te laver ! Tu as vu comme je t'ai frottée ?

– Si, je suis sale. Tu veux que je relève ma robe pour te montrer ? Regarde... Je suis toute marron !

– Oh, toi, tu veux me faire marcher... Ramasse plutôt le haricot vert qui vient de tomber.

– Je ne mens pas, Alice, c'est vrai !

– Enfin, Maya, c'est la couleur naturelle de ta peau. J'aimerais avoir la même plutôt que cette peau de poulet qui rougit et pèle au soleil.

– C'est pas beau d'être marron, c'est pas la couleur des princesses. Les vraies princesses, elles sont blanches avec de longs cheveux blonds.

– Ces mouches, quelles enquiquineuses ! Viens, Maya, on va leur déclarer la guerre...

Armées de nos tapettes en plastique, nous tournons et frappons comme des brutes autour de la table. A voir les cadavres sur la toile cirée, et ceux du papier collant sous le lustre, c'est un carnage au royaume des mouches. Je me lasse vite de ce petit jeu meurtrier et reviens à mon obsession :

– Maman est blanche, Marceline est blanche, toi tu es blanche, Camille aussi, il y a que moi qui suis marron dans cette famille ! Pourquoi, Alice ?

Alice rougit :

– Ma pauvre chérie, je ne peux rien dire, j'ai promis à Marceline de tenir ma langue ! Que tu sois bleue, verte, jaune ou marron, tu es tellement jolie que je voudrais te croquer !

A voir Alice reluquer mes bonnes joues, elle ne plaisante pas ! Choquée, je quitte précipitamment la table et me sauve dans le jardin en hurlant :

– Camille ! Camille ! Alice veut me croquer !

Camille parle tout seul quand il bêche son potager, *bon sang, avé cette pluie qui vieng de tomber, si ça ne pousse pas c'est que je ne compreng plus rien à la nature moi!* Je plonge entre ses grandes jambes d'homme et m'agrippe de toutes mes forces à la toile rêche de son pantalon de travail. Rien de grave ne peut plus m'arriver.

*

Camille, c'est les bras forts qui rattrapent en l'air, c'est les joues qui piquent, le tabac qui fait éternuer, les freins qui crissent dans les virages; c'est la pêche à la truite sous le pont de Belcastel et la grosse colère tout rouge quand j'accroche ma ligne dans les arbres :

– T'es qu'une Parisienne qui parle trop fort et qui fait peur aux poissong!

Camille, c'est le vin fort qui fait grimacer, c'est les veines du cou qui gonflent quand il parle politique avec ses amis :

– Ouais, je suis un communiste, un vrai, et je vous emmerde!

Camille, c'est les chansons d'amour sur son accordéon, c'est moi qui danse sous ses yeux éblouis, je fais le serpent, la toupie, et Camille m'applaudit :

– Pétassoune, t'es faite pour la danse comme l'asticot pour le poissong!

Camille, c'est du poil partout, sur les joues, sur les mains, dans le dos et les oreilles; c'est des grosses mains comme des pattes d'ours avec des ongles noirs de terre; c'est la moustache à la Charlot qui bouge rien qu'avec le nez; c'est la sueur comme une rivière quand Camille travaille à la chaleur; c'est « j'vais faire pleurer mon p'tit Jésus ».

Le « p'tit Jésus » de Camille n'a rien à voir avec celui de Marceline, c'est une petite chose fripée et poilue entre ses jambes qui me fait penser au cou du dindon.

J'espionne Camille quand il fait pipi derrière les buissons. Il a un petit frisson après, puis il secoue son « p'tit Jésus » comme Alice égoutterait sa salade avant de le ranger bien vite dans son pantalon. Je sais faire pipi debout, mais j'ai beau me tordre le cou et me plier dans tous les sens, moi, la fille du saint-Esprit, je ne vois pas le moindre « p'tit Jésus » entre mes cuisses, rien qu'une petite fente obscure comme celle de ma tirelire !

3

Le train de Paris venait de partir avec Marceline. Nous étions toujours sur le quai. On se connaissait à peine avec Camille. Il a jeté un sale regard sur mes chaussures et il a maugréé dans sa moustache :

– C'est quoi ces souliers vernis ? Ici, on est à la campagne, pas besoing de chichis.

Nous sommes sortis de la gare de Decazeville. Camille a voulu passer au marché. Il m'a acheté une paire de sandales en plastique, deux shorts en toile, des bottes en caoutchouc, un seau, une épuisette et une sucette sifflante au caramel, puis Camille s'est exclamé en se remettant au volant de sa 4L :

– Maintenang qu'on est parés, on peut y aller !

Tous ces virages sur la route d'Auzits me donnaient mal au cœur. Alice m'a donnée des pastilles de menthe à sucer. Je voyais l'œil rond de Camille me chercher dans le rétroviseur. Il s'amusait à me faire des grimaces, mais je ne pouvais pas rire tant je craignais de vomir. Enfin, j'ai lu sur une pancarte : « Auzits 0,5 kilomètre ».

On remontait le chemin vers la maison. Soudain, Camille a fait basculer mon chapeau avec la badine qui lui servait à effrayer les vipères :

– Tu n'as pas besoing nong plus de cet affreux bibi. Boudiou, ce gros macarong sur ta tête ! Il ne te tient pas chaud ?

– Camille, rends-lui son chapeau, le soleil est fort par ici, a protesté Alice.

Camille ne m'a pas rendu mon chapeau. Marceline avait pourtant fait ses recommandations sur le quai de la gare : « Maya ne doit pas sortir sans chapeau, elle devient trop noire après et ce n'est pas beau. Tirez-lui ses cheveux en chignon tous les jours. Elle doit lire et faire sa prière avant de se coucher. »

– Alice, ma chérie, enlève-lui ce macarong, a gémi Camille sur le seuil de la maison.

Alice a défait ma coiffure d'une main douce, inquiète de me faire mal. Sans mon chignon, je me sentais toute nue et je n'avais plus d'équilibre.

– Elle est plus mignonne avé ses bouclettes, s'est réjoui Camille, fier de lui.

Puis il a monté au grenier tous les petits livres qui déformaient ma valise en maugréant :

– Comme s'il n'y avait pas suffisammeng de choses à faire à la campagne...

Au coucher, il s'est assis sur mon lit – celui de Gaby, son fils unique parti faire son service militaire ; un grand lit de campagne avec un édredon gonflé comme une montgolfière. Camille m'a expliqué gentiment de sa grosse voix bourrue :

– Chez nous les communistes, on ne fait pas sa prière vu qu'on ne croit pas au bon Dieu, cet attrape-couillong !

*

Le menton à la place du front, une grande bouche pleine de dents en guise de nez, Camille a une vraie tête de monstre quand il me dévisage à l'envers :

– Tu peux sortir de ta cachette, Pétassoune. La méchante sorcière qui voulait te croquer est rentrée dans sa maisong !

Puis il se remet à l'endroit, le menton appuyé sur le manche de sa pioche :

– A quoi qu'tu penses ?
– A rien...
– Boudiou, quand tu es trop sage, moi je m'ennuie !
– Pourquoi tu dis tout le temps « boudiou », Camille ?
– Hé bé...
– On ne dit pas « hé bé », on dit « eh bien » !
– Chez nous, en Aveyrong, on dit « hé bé », mademoiselle-je-sais-tout. Je suis né avé l'acceng d'ici, moi, ce n'est pas comme l'Alice et ses sœurs qui sont des Bretonnes déguisées en Parisiennes.
– Elle a des sœurs, Alice ?
– Oui, deux. La Lise, c'est la plus âgée et la plus bête, elle s'est fâchée avec toute la famille... La Marthe, c'est la plus jeune derrière Alice. La Marthe, c'est encore autre chose, qui sait où elle est passée !
Camille lance un regard furtif derrière son épaule comme s'il allait faire une bêtise, puis il baisse le ton :
– La Marthe, c'est ta grand-mère, Pétassoune. La mamang de ta mamang si tu préfères.
– Je ne savais pas que maman avait une maman... Alors j'ai une grand-mère ?
– Hé oui, comme tout le monde.
– Je ne l'ai jamais vue, pourquoi ?
– Hé bé...
Camille se gratte la nuque, je traduis : il me cache quelque chose et la vérité le démange !
– Elle est marron comme moi, ma grand-mère ?
– Nong ! C'est une blonde aux yeux clairs. Une Bretonne je t'ai dit. Ses pareng, ton arrière-grand-mère et ton arrière-grand-père, venaient de Quimperlé, un patelin breton dans les terres. Ton arrière-grand-mère, c'était ma belle-doche, et quand la belle-doche avait une idée quelque part, boudiou !...
Camille secoue sa main comme une cloche :
– C'était une cabocharde dans ton genre, Pétassoune. On voit bieng que tu as du sang bretong dans les veines, toi aussi !

Le rire de Camille fait s'envoler tous les oiseaux des arbres du jardin.

– Jeune fille, ton arrière-grand-mère était amoureuse d'un homme qui ne l'aimait pas, alors elle s'est rabattue sur ton arrière-grand-père, le Pierre, un maring qui ne pensait qu'à faire le mariole. Ho ! Tu m'écoutes, Pétassoune ? C'est quoi ces yeux de merlang frit ?

C'est la peur de me prendre un coup de pioche en pleine tête, Camille ne peut pas parler sans l'agiter.

– Je disais... La Berthe, ton arrière-grand-mère, elle venait de la haute, ses parents étaient riches. Tu penses bieng qu'ils n'ont pas voulu donner la main de leur fille unique à un vulgaire maring ! Seulemeng la Berthe n'en a fait qu'à sa tête, tu la connais...

– Non, je la connais pas !

– C'est tout comme. Tu as pris sa tête de bois. Bref... La Berthe s'est mariée avec son maring contre le gré de ses pareng. Ils l'ont eu tellement mauvaise qu'ils l'ont privée d'héritage et chassée de leur maisong.

– La pauvre ! Elle n'avait plus de maison alors, mon arrière-grand-mère ?

– Hé nong. La Berthe a dû quitter sa Bretagne avec son mari tout neuf et ils sont montés à Paris s'en trouver une autre. Ils ont eu le temps de faire trois filles, Lise le chameau, Alice ma chère femme, Marthe ta grand-mère, et puis ton arrière-grand-père a cassé sa pipe.

– Il l'a fait tomber ?

– Qu'est-ce qu'il a fait tomber ?

– Sa pipe !

– Boudiou, quelle gourdasse ! Casser sa pipe, ça veut dire qu'on est mort. On n'a jamais su de quoi d'ailleurs... Il était encore jeune, dans les quarante ang. Si tu veux mon avis, ton arrière-grand-père a fait une fiesta de trop. On l'a retrouvé occis près du bois de Boulogne, dans un fossé avec son vélo. Ta grand-mère Marthe venait juste de naître, la pauvrette ! Elle non plus n'a pas connu son p...

Camille reste la bouche ouverte comme s'il venait de gober une mouche en plein vol. J'attends la suite, Camille reprend sa pioche, fend la terre d'un grand coup et se remet à marmonner tout seul, « je vais me faire escagasser par ma femme moi, et pendant que je parle, mes patates ne poussent pas »...

– Camille, pourquoi je suis la seule marron de la famille ?

Camille fait le sourd.

– Pourquoi je suis la seule marron, Camille ?

J'ai hurlé si fort qu'il est obligé de relever la tête, l'œil bien trouble sous son béret. Ça sent le gros secret.

– Ce que j'en sais, moi. Tu n'as pas demandé à ta mamang ?

– Si, elle dit que c'est la faute au Saint-Esprit.

Camille se tape sur les cuisses, mort de rire :

– Quelle farfelue, ta mère ! Y a pas plus de Saint-Esprit que de beurre en branches, Pétassoune. Plus tard, quand tu auras ta carte du Parti, toi aussi tu comprendras que toutes ces bondieuseries sont faites pour endormir l'humanité et la manipuler. Regarde toutes ces guerres qu'on fait au nom du bon Dieu. Franchemeng, s'il existait et si j'étais lui, je ne ferais pas le fier. Tout ce sang versé rieng que pour ma petite personne, ça m'empêcherait de dormir, té ! Quand tu as les pieds devang, Pétassoune, y a plus rieng. Ni enfer, ni paradis, ni anges, ni démong, que de la terre et des vers pour te bouffer.

– C'est pas vrai, ils existent les anges, maman les voit dans ses rêves et moi aussi !

– Ho, Pétassoune, qu'est-ce que j'ai dit ? C'est quoi, ces yeux pleins de larmes ? Tu vas te mettre à pleurer pour si peu ? Comment veux-tu que je te parle des anges, je n'ai encore jamais joué aux boules avec eux ! Si ça se trouve, ils préfèrent les fantaisistes comme ta mère et toi plutôt qu'un vieux ronchong d'Aveyronnais comme moi... Tu veux savoir pourquoi tu es marrong ? Je vais tout t'expliquer !

Ses genoux craquent comme s'ils se brisaient. Il m'installe sur sa cuisse, essuie mes larmes de son gros doigt terreux :

– Si tu es marrong comme tu dis, c'est que tu as pris trop de soleil dans le ventre de ta mère. Tu connais la Rose, jamais en retard d'une mode ! Elle a voulu faire comme tous ces fadas qui se vautrent sur les plages depuis qu'on a inventé les congés payés, et vas-y que je tourne et te retourne la bidoche sur le gril rieng que pour avoir bonne mine. Et te voilà maintenang avé ce beau bronzage cent pour cent naturel et qui dure tous les jours de l'année. Forcémeng, ça fait des jaloux. Tu sais ce qu'on en fait ?

Camille me repose par terre et pointe son doigt vers son derrière. Je glousse à travers mes larmes, pas convaincue pour autant :

– Marron, c'est pas la couleur des vraies princesses ! Dans mes livres, les princesses sont blanches avec de longs cheveux blonds.

Camille lève les yeux au ciel :

– Boudiou, quand je dis que tu as pris la sale caboche de ton arrière-grand-mère ! Et la reine de Saba, alors ? Elle était marrong comme toi ! Reine, c'est autre chose que princesse, nong ?

*

Tout commence par le coup de klaxon du boulanger dans sa camionnette. Je dévale le chemin en serrant les pièces de monnaie fort dans ma main et me répète tout du long, « une-miche-bien-fraîche-s'il-vous-plaît-monsieur-Couffignal ». Je remonte le chemin avec ma couronne de pain lourde comme une bûche et ronde comme une lune. J'essaie de ne pas trébucher même si je ne vois plus mes pieds. Je m'installe sur la toile cirée de la cuisine pour le petit déjeuner, m'amuse avec le beurre qui fait des « yeux » dans le lait de ferme épais. Puis c'est la toilette toute nue dans le bac en zinc, l'eau à peine chauffée par le soleil matinal. C'est le short, les sandales, la main rapide dans les bouclettes, et me voilà coiffée pour la journée. C'est la partie de cache-cache avec Alice dans les draps qui sèchent sur le fil, l'orgie de mûres dans les buissons qui font la bouche violette et mal au ventre. C'est les grains de maïs à jeter aux poules, les fanes de carottes à glisser dans le clapier. C'est mon lapin préféré au repas de midi, le blanc avec les yeux rouges, en morceaux dans mon assiette, sur un cercueil de champignons et de lardons fumés !

Mon cœur se soulève devant le petit tas de chair morte noyé dans la sauce brune. J'ai encore les images du meurtre devant les yeux. Le lapin gigote entre les doigts d'Alice qui le tient solidement par les oreilles. Elle lui brise la nuque d'un bon coup de maillet. Le sang gicle, étoile de rouge-noir le muret aux capucines. Le lapin est immobile et du sang lui pisse du museau. Alice arrache les yeux du lapin comme de vulgaires boutons, elle le déshabille de sa fourrure, fouille son ventre nacré à pleines mains pour lui retirer les boyaux. Alice, cette femme si douce qui me répète cinq fois par jour que « je suis à croquer » ! Et moi je me demande si elle ne me prépare pas le même sale coup pour la fin de l'été, m'engraisser pour me jeter comme le lapin dans un bain d'huile bouillante avec du thym et du laurier...

– Maya, tu ne manges rien, tu n'aimes pas le civet ? Fais-moi plaisir, rien qu'une petite bouchée !

La grosse voix de Camille vient encore me sauver :

– Fiche-lui la paix avé ton laping ! Qu'elle monte faire sa sieste si elle n'a plus faimg.

J'arrache ma serviette du cou et file à l'étage retrouver ma chambre des vacances. La fenêtre est grande ouverte sur les persiennes tirées pour conserver la fraîcheur. Mes draps sentent bon la lavande du jardin, Alice fait des bouquets séchés qu'elle glisse dans ses armoires pour parfumer son linge. Ici, je ne me fais plus aucun souci. Bouba me chuchote à l'oreille : « Avec moi, tu es toujours en sécurité. » J'écoute les abeilles jouer dans le chèvrefeuille, bruyantes comme des engins à moteur. La chaleur de l'été enveloppe la chambre dans une robe de douceur. J'attends le pas lourd de Camille dans l'escalier, quand il montera se reposer lui aussi, et les bruits de vaisselle que fait Alice au rez-de-chaussée, puis je me laisserai glisser « dans les bras de Morphée » comme dit Camille, une expression qui nous fait beaucoup rire, Bouba et moi.

*

J'émerge de ma sieste toujours à la même heure, quatre heures moins dix. Alice est admirative :

– Tu as une horloge dans le ventre !

Camille est déjà parti aux champs. Un goûter d'ogre m'attend sur la toile cirée : brioche au sucre, tranche de cantal, rondelles de saucisse sèche, pain de campagne et limonade. Je dévore, l'oreille aux aguets de peur de rater le passage du train Figeac-Rodez, à 16 heures tapantes ! Un sifflement strident. Je bondis sur la terrasse, agite les bras en l'air pour tous les voyageurs que je vois me répondre derrière les vitres opaques du train. Le paysage se fige, Alice veut encore aller faire des courses.

Au début des vacances, les courses au village, c'est la guerre. Ils n'ont jamais vu de petite fille comme moi. On me dévisage comme les singes au Jardin des Plantes. Alice me présente à tous :

– C'est Maya, notre petite poupée des vacances, la fille de ma nièce de Paris.

Chacun fait son petit commentaire sur ma peau qui n'a pas besoin de bronzer, l'épaisseur de mes bouclettes ou la rondeur de mon derrière.

– Elle mange français, ta petiote ? s'inquiète Madame Josy qui tient la Coopérative.

Le garde-barrière trébuche à mon passage, puis je l'entends marmonner derrière son mégot :

– En vlà-ti un sapré p'tit négro !

Le nez sur mes sandales, je supplie Bouba de me faire disparaître, de me rendre transparente ou plus minuscule que la plus minuscule des fourmis, pirouette cacahouète !

Mais il me chantonne à l'oreille sans rien faire, « danse sur l'accordéon de Camille, fais la toupie, le serpent, libre comme le vent ! »...

De retour à « La Nogarède », Alice fait le récit de mes premières courses à Camille. Il l'écoute en tripotant sa moustache. Les veines de son cou doublent de volume. Camille explose :

– Quels couillong, mais quels couillong, ils ne voient pas plus loin que le cul de leurs vaches !

Camille m'attrape les joues entre ses doigts, mais ça ne me fait pas le même effet qu'avec Monsieur le curé :

– T'inquiète, Pétassoune. Ils finiront par s'habituer, c'est moi qui te le dis.

*

Camille avait raison, ils se sont très vite habitués ! De curiosité, je suis devenue « mascotte » d'Auzits ! Quand je fais des courses au village avec Alice, c'est l'émeute, à qui me portera dans ses bras, jouera avec mes bouclettes ou tapotera mes fesses cambrées. Madame Josy fait pleuvoir des sucreries dans mes poches. Le garde-barrière me découvre tous ses chicots derrière son mégot :

– Sapré p'tit négro !

J'ai fait une démonstration de twist à la vieille Maria, la lingère, et maintenant c'est tout le village qui veut me voir danser ! Même Monsieur le maire qui m'a commandé un rock au bal du 15 Août.

Ils sont tous très gentils avec moi, mais j'en ai assez qu'on me touche comme une poupée, et puis leurs yeux me disent toujours la même chose : « Toi, t'es pas comme nous, t'es différente. » Différente, ça veut dire être séparée des autres et se retrouver toute seule. Moi, je veux être avec les autres. Faire comme tous les enfants du village, pêcher des têtards dans le ruisseau, jouer à la marelle avec des cailloux sans que personne me remarque.

J'ai toujours hâte de rentrer à « La Nogarède » après les courses. Je me sens à ma place dans la paix de la nature. Les arbres, les fleurs, les plantes sont tous différents, de forme et de couleur, et personne ne s'en étonne ! Camille m'attend dans son fauteuil favori sous la fenêtre, la peau terre cuite et les yeux rougis de fatigue. Il a un grand sursaut quand je bondis sur ses genoux :

– Camille, réveille-toi, c'est l'heure de mon histoire !

Toujours la même, *Au loup, Au loup*, mais Camille ne me la raconte jamais de la même façon.

*

– « ... Et puis ving ce fameux jour où un vrai loup se pointa dans la forêt profonde avé des babines bieng rouges et des yeux tout luisang... Petit Pierre vit le bestiau tout près de lui, qui salivait et lui montrait les crocs, il manqua tourner de l'œil. " Au loup ! Au loup ", qu'il criait, la gorge plus nouée qu'un saucissong.... »

Nichée contre la poitrine de Camille, j'écoute l'histoire mais aussi le bruit de sa respiration, les battements réguliers de son cœur, la résonance de sa voix grave, le ronflement que font ses soupirs dans sa cage thoracique.

– ... Personne ne voulait plus se déplacer, ils étaient tous fatigués de ses pantalonnades. Pauvre Petit Pierre ! Il se fit dévorer par le loup sans que personne lui porte secours. Le lendemaing, on ne trouva de lui qu'un petit tas de vêtemeng rougis.

Derrière la fenêtre, le soleil couchant ensanglante le ciel et la vallée comme pour illustrer le martyre de Petit Pierre.

– Voilà ce qui arrive quand on ment, Pétassoune. Il faut toujours dire la vérité, même si elle ne fait pas plaisir !

Camille a un bâillement sonore qui fait trembler nos deux corps. Alice l'entend de la cuisine, elle s'écrie gaiement par la porte entrebâillée :

– A la soupe !

*

Les grillons entament leur concert nocturne et les moustiques leurs agaceries. Les vaches meuglent au lointain, aussi tristes que moi de voir la nuit tomber. Camille allume les lanternes du terrain de pétanque et Alice sort les boules. Le samedi soir, nous montons au « château », l'autre partie d'Auzits, tout là-haut, sur la montagne. Alice et Camille disputent des tournois avec des joueurs d'Aubin, de Cransac ou de Decazeville. Camille est un champion, il a remporté deux fois la coupe du meilleur joueur de l'Aveyron ! Si jamais Alice fait partie de l'équipe de son mari, ses oreilles chauffent. Camille est très gentil, sauf à la pétanque !

Au « château », il y a toujours quelqu'un pour me payer un verre de limonade ou de grenadine chez Madame Josy, elle fait buvette en plus de Coopérative. Les grands s'insultent autour du cochonnet, Bouba et moi on prend la tangente dans les bosquets. On imite la lune qui bâille ou s'effraie, on compte les étoiles sans jamais arriver au bout, on respire l'odeur de la campagne à se soûler, foin coupé, feu de bois, lavande et bouse de vache séchée. Les voix lointaines des grandes personnes finissent par nous bercer. A la fin de la partie, Alice me cherche partout avec ses amis. On me retrouve endormie quelque part dans l'herbe. Camille n'est pas content, je ne l'ai pas vu marquer le point décisif qui a fait gagner son équipe !

*

Camille veut faire de moi une vraie championne, mais je n'ai plus la force de porter mes boules tant je suis fatiguée ! Je les lance n'importe où et n'importe comment. Camille en a vite assez de leur courir après, dans les broussailles ou les fossés :

– Y a plus rieng à tirer de toi, Pétassoune. Va donc voir dans les bras de Morphée si j'y suis.

Son baiser d'hérisson me fait grimacer :

– Tu piques, Camille !

Alice m'accompagne dans ma chambre et me badigeonne de citronnelle de la tête aux pieds. Les moustiques n'auront pas un millimètre de ma peau métissée ! Je m'ensevelis sous l'édredon gonflé. Alice ouvre des yeux épouvantés :

– Tu vas crever de chaud là-dessous !

– C'est pour les monstres.

– Ah...

Elle me cherche sous l'édredon pour un baiser rapide, puis Alice file rejoindre Camille, pressée d'aller jouer la « revanche ».

Plus je suis fatiguée et plus j'ai du mal à m'endormir ! Mes oreilles d'éléphant suivent la partie de boules abandonnée par la fenêtre ouverte.

– Essaie de me dégommer et je t'assomme.

Je veux voir ça ! Je saute du lit et cours me poster derrière les volets. Les genoux fléchis, l'œil droit à demi fermé pour mieux viser, Alice « tire ». Sa boule cogne celle de Camille qui roule hors du terrain. Touché !

Camille prend son air de tueur, je crains le pire... Sa boule dégomme celle d'Alice à la vitesse de l'éclair et se colle au cochonnet. Pas de discussion, Camille est un champion !

Je peux me recoucher, je connais déjà le score final... Alice laisse toujours Camille gagner à la pétanque, pour qu'il n'en fasse pas une maladie. La partie de boules terminée, elle va chercher des bières à la cave, qu'ils dégustent sur la terrasse en bavardant. Camille parle trop fort, Alice s'inquiète pour mon sommeil.

– Quoi, « chut » ? J'ai le droit de parler dans ma maisong ! Moi je dis que la Marceline a raisong, après l'heure c'est plus l'heure. La Rose, c'est un papillong comme sa mère. Il suffit qu'un bonhomme les fasse danser pour qu'elles perdent le nord. Et qui trinque, après ? Leurs petiots !

– Marceline n'avait pas à intervenir. C'est son père à la petite tout de même. Et puis ce n'est pas n'importe qui.

– Arrête ces fadaises ! Ils sont tous rois là-bas… Ça se met une couronne de feuilles de bananier sur la tête et ça se proclame empereur de l'univers ! Tout fils et petit-fils de modestes paysang que je suis, jamais je n'aurais abandonné mon enfang ! Je monterais bieng à Paris botter le cul du prince, té, qu'il ne puisse plus jamais s'asseoir sur son trône en peau de lézard…

– Camille, cesse de crier. Tu vas réveiller la petite et faire monter ta tension. Veux-tu que j'aille te chercher une autre bière ?

*

Alice passerait ses journées dans la cave si on la laissait faire… Elle ne sait plus quoi inventer pour m'y traîner, « viens, Maya, on va chercher des pommes de terre, une bouteille de gaz, des chiffons, des vieux journaux, on va vérifier l'état des morceaux de fromage des pièges à rats »… Alice s'assoit sur une caisse à vin. Elle rejette sa tête en arrière, je sais déjà ce qu'elle va dire :

– Hum ! Tu sens comme ça sent bon ? Cette odeur de salpêtre me donne envie de croquer dans les murs.

La cave, ça lui rappelle la guerre. Alice adore me raconter la guerre. La deuxième mondiale contre les Allemands. Les topinambours sans goût, le pain noir indigeste qui faisait des fils, les tickets de rationnement, les sirènes angoissantes, les bombardements terrifiants, la cavalcade dans l'escalier de l'immeuble avec ses sœurs, leur mère qui refusait de les suivre aux abris... Leur mère, c'est Berthe la caboche, mon arrière-grand-mère et la belle-doche de Camille, cette fois j'ai compris ! N'avait peur de rien mon arrière-grand-mère. Défiait l'ennemi de son palier, poings aux hanches comme le capitaine Crochet sur sa frégate, « les Boches ne me chasseront pas de chez moi ! »...

Alice hoche la tête d'un air attendri :

– Maman en a caché des résistants et des familles juives à la barbe des SS ! Elle était têtue mais tellement courageuse.

Ce n'est pas comme moi, son arrière-petite-fille qui crève de trouille à l'idée que l'ampoule de la cave claque et qu'un gros rat en profite pour lui dévorer les orteils.

A la guerre comme à la guerre, tous aux abris ! Quand Alice me raconte ses vieux souvenirs, c'est comme si j'y étais. Marthe, sa jeune sœur et ma grand-mère, elle attendait toujours son mari qui ne respectait jamais le couvre-feu. Marthe l'imaginait prisonnier, arrêté, tué par les Allemands et elle se mettait à pleurer. Alice soupire :

– Ce n'est pas bon d'avoir peur et d'être triste quand on attend un bébé. Il a mauvais caractère après.

Le bébé dans le ventre de Marthe ma grand-mère, c'était Marceline, ma grosse marraine à lunettes de soixante-quinze kilos ! Jules qu'il s'appelait le mari de ma grand-mère Marthe. Un géant blond aux yeux bleus myopes. Le portrait de Marceline, son père tout craché ! Avant la guerre, Jules faisait le camelot dans le métro. Il vendait des cravates et toutes sortes d'affreux bibelots qu'il entassait dans un grand parapluie renversé. Il avait un coffre ! A l'entendre d'un bout à l'autre du quai, « approchez, approchez, jolies marquises, jetez donc un coup d'œil sur mon bazar ! »...

Alice ne l'aimait pas beaucoup, Jules le camelot :

– Le sosie de notre père le marin, comme si c'était un fait exprès. Ta grand-mère aurait mieux fait de se casser une jambe le jour où elle l'a rencontré.

Quelle andouille, ce Jules ! Y respectait jamais le couvre-feu, y faisait du marché noir, y jouait sa paie aux courses et sa femme au poker, y courait les filles et y suçait pas que de la glace, un vrai pilier de bar. Il a cassé sa pipe trop tôt lui aussi. Marthe était tellement triste de ne plus avoir de mari qu'elle est tombée dans la cloche, puis elle s'est envolée...

Je m'y perds parfois à la guerre entre Berthe la caboche, Marthe la cloche et Jules le camelot qui buvait trop. C'est qui, Jules, pour moi ? Alice ne me répond pas. Quand elle est à la guerre, elle n'entend que ce qu'elle veut, et quand elle en revient, elle ne sait plus quelle année on est ni ce qu'on est venu chercher à la cave ! C'est moi qui dois lui rafraîchir la mémoire :

– Alice, on est en 1970 ! On veut la bière de Camille et de la ficelle pour ma canne à pêche.

Alice disparaît dans les rayonnages avec sa lampe électrique. Je reste seule dans le noir. Bouba me tresse une couronne en fil magique autour des pieds pour que les rats ne puissent pas les manger.

*

Alice soupire beaucoup ces derniers temps :

– Comme le temps passe !

Et moi je comprends : « Nous sommes déjà à la fin de l'été. Rose va bientôt venir te chercher pour te ramener à Paris. »

Je ne veux pas rentrer à Paris ! Je suis mieux ici, à la campagne, en short et en sandales. Je veux sentir le vent dans mes cheveux et le soleil sur ma peau ; je veux le rire, la grosse voix de Camille, la plainte de son accordéon, ses yeux qui me regardent danser comme si j'étais la reine de Saba. Rose n'a qu'à venir vivre ici, avec moi. Marceline nous rejoindra pour les vacances, elle qui aime tant son travail. Le dimanche, elle suivra la messe à l'église du

« château », au sommet du village comme le coq sur le clocher. D'après Alice, c'est l'été qu'elle est la plus belle, illuminée la nuit pour les touristes, et ne parlons pas du 14 Juillet, quand le feu d'artifice lui offre son bouquet final !

Je ne veux pas rentrer à Paris, je veux pas !

« On est aujourd'hui, alors oublie demain », me serine Bouba.

Rose téléphone pour qu'on vienne la chercher à la gare de Decazeville. Les vacances sont finies, demain c'est aujourd'hui.

*

Une sirène en robe vert d'eau court vers moi, ses longs cheveux en algues flottant derrière elle :

– Minouchette ! ! !

Je ne peux pas résister, j'enfouis mon nez dans sa poitrine menue, respire son odeur, pêche, amande et savon de Marseille. Je me pends à son cou de tout mon poids. La sirène proteste en battant des nageoires :

– Doucement, Maya ! Tu me fais mal... Arrête ! Tu m'étouffes... Quel petit chameau...

Elle s'écarte de moi pour mieux me regarder. Un V orageux se dessine entre ses sourcils :

– Comme tu es noire ! On ne t'a pas mis ton chapeau ? Et ces cheveux lâchés, ce n'est pas raisonnable... Je vais en baver pour te démêler !

Le déjeuner s'étire jusqu'au milieu de l'après-midi. Au dessert, Camille enfile son accordéon et joue *La Vie en rose* en l'honneur de la sirène. Elle m'entraîne sur la terrasse pour danser. Le jardin tourne autour de nous comme un manège fou. Je vois des zébrures vertes partout ! La musique s'arrête, la sirène s'évanouit, c'est Rose qui me fait face, très sérieuse tout à coup :

– Apporte une chaise, Minouchette, qu'on te redonne figure humaine un peu.

Elle a tous ses instruments de torture, les poils de sanglier, le peigne à grosses dents, les épingles, le crépon. Je l'entends soupirer par-dessus ma tignasse :

– Ces nœuds ! Par quel bout commencer ?

Mes hurlements doivent s'entendre dans tout Auzits, du bourg au « château ». Camille a lâchement disparu au fond du jardin. Alice me soutient dans l'épreuve :

– Doucement, Rose ! Tu fais mal à cette pauvre petite.

– Penses-tu ! Elle est habituée. Je ne peux pas la ramener à Paris avec cette tête de lion.

– Pourquoi ne pas rester quelques jours de plus ? Nous pourrions aller à Conques, je vous paierais le restaurant...

– C'est gentil, Alice, mais ce sera pour une autre fois. Nous devons être rentrées à Paris demain. Je ne sais plus où donner de la tête avec tous ces événements !

– Quels événements, maman ?

– Cesse de bouger, Minouchette. Si tu ne veux pas que je fasse ton chignon de travers.

Il y a tant de choses que je voudrais demander à Rose... Où est ta maman ? Pourquoi ne m'as-tu pas dit que j'avais une grand-mère ? Pourquoi les grandes personnes font des secrets de tout ?

*

J'ai chaud dans ma robe en velours. Mes pieds explosent dans mes souliers vernis, ils ont grandi pendant l'été. Camille nous regarde avec désolation, mon gros macaron et moi :

– Pauvre Pétassoune, te revoilà parisienne !

Il frotte sa moustache contre ma joue, mais j'ai trop de peine pour m'exclamer « tu piques, Camille ! ». Alice me serre contre sa poitrine, confortable comme deux oreillers :

– Reviens vite, ma poupée. Tu vas beaucoup nous manquer.

L'arrivée du train me fend le cœur. J'embrasse Alice et Camille une dernière fois. Rose s'impatiente sur le marchepied :

– Maya, dépêche, il repart dans trois minutes !

Le wagon sent la ferraille chauffée à blanc et l'encrier de l'école. Nous sommes seules dans le compartiment.

– Ça va se remplir à Brive, me prédit Rose qui en profite pour s'asperger d'eau de Cologne.

Elle me tend la bouteille, je fais non de la tête. Sur le quai, derrière la vitre, Alice se frotte les yeux avec la manche de son gilet, Camille grimace un sourire qui ne me trompe pas. Ils sont vieux et tristes comme je ne les ai jamais vus.

« Danse sur l'accordéon de Camille, fais la toupie, fais le serpent, libre comme le vent ! » me souffle Bouba à l'oreille.

Il me taille une grande étoile dans le verre de la vitre pour que je puisse sauter sur le quai, mais le train démarre avant qu'elle soit finie. Le mouchoir d'Alice est un petit point blanc qui s'efface avec le reste de la gare. Mon cœur joue aux boules dans ma poitrine. Petit Pierre s'est déjà fait manger par le loup, le ciel est lavé de son sang.

– Minouchette, j'ai une grande nouvelle à t'annoncer !

Rose se tortille sur la banquette, les yeux brillants :

– Il s'est passé des choses cet ét...

Elle est interrompue par un bruit étourdissant. Le compartiment plonge dans le noir et moi dans l'angoisse.

– Ça va, Maya, tu n'as pas trop peur ?

– Mais non ! C'est toi qui as peur dans le noir.

Le train ressort du tunnel où il s'était engagé. Je reprends mon souffle et Rose la parole :

– Les anges me l'avaient dit dans un rêve, et maintenant c'est la réalité : je vais me marier ! Tu vas avoir un papa. Il s'appelle Charles-André.

4

Chignon serré, joues astiquées, robe et gants immaculés, souliers cirés, la panoplie est au complet. Je bondis sur la porte d'entrée dès le premier coup de sonnette. Un homme a poussé sur notre palier, assez grand, très blanc. Un homme pas du tout comme Camille, avec un costume bleu marine, une cravate grise, une fleur de cimetière en pot dans une main et un paquet dans l'autre.

– Bonjour, mon petit...

Un homme qui m'appelle « mon petit » alors que je suis une grande, qui tapote mon gros chignon sans égard pour mon crâne farci d'épingles. Grrrr. Je serre les dents et le fais entrer, respire derrière lui une odeur délicate, citron et menthe poivrée. Camille sentait la sueur, pas le citron, et je l'entendais arriver de loin avec le bruit que faisaient ses sabots.

Celui-ci marche en silence dans ses mocassins souples. Il se parfume comme une fille. Il a la voix douce, pas de poils sur les joues et un regard vert chat qui t'hypnotise :

– Sais-tu qui je suis ?

Je ne lui ferai pas ce plaisir. Je hausse les épaules comme si je n'en savais rien. La voix de Rose retentit dans mon dos :

– Charles-André, vous voilà !

Rose tutoie un inconnu au jardin et elle vouvoie l'homme qu'elle va bientôt épouser, c'est comme ça. Elle a mis du rouge à lèvres, une robe à pois, elle sourit avec les dents comme une actrice :

– Quel bel hortensia ! Merci, Charles-André. C'est ma fleur préférée.

Hou, la menteuse ! Veut-elle se faire manger par le loup comme Petit Pierre ? Les hortensias, elle les appelle des « fleurs de cimetière », et ses fleurs préférées, ce sont les jonquilles !

Rose lit dans mes pensées. Elle me renvoie mon œil d'encre :

– Maya, tu confonds toujours les hortensias avec les chrysanthèmes. J'adore les hortensias.

– Charles-André !

La grande sœur maintenant, avec sa voix d'église. Marceline s'est faite belle à sa façon, son coiffeur lui a rasé les petits cheveux sur la nuque et elle a sorti sa médaille de baptême sur son chemisier blanc fermé jusqu'au dernier bouton.

– Je me permets de vous appeler par votre prénom, maintenant que vous êtes presque mon beau-frère...

Une coalition je te dis. Tout ça pendant que je pêchais la truite avec Camille sous le pont de Belcastel !

C'est pour qui le paquet sous le bras de Charles-André ? J'aimerais le savoir, mais je ne m'abaisserai jamais à le demander, elles seraient trop contentes. Elles m'ont cassé la tête avec leur Charles-André depuis mon retour de vacances, « Charles-André est un aristocrate, dans son milieu les enfants vouvoient leurs parents, ils sont polis et obéissants. Ta mère a de la chance, un homme comme Charles-André, dans sa situation... Un papa comme lui, beaucoup vont te l'envier... Charles-André veut faire ta connaissance, nous l'avons invité à déjeuner, ne nous fais pas honte, Maya, tiens-toi ! »...

Marceline accroche sa veste dans NOTRE armoire comme s'il faisait déjà partie de la famille.

Je vais voir ce qui se trame dans le salon... Charles-André est assis beaucoup trop près de ma mère sur le canapé, le paquet mystérieux posé sur ses genoux. Ils feuillettent le catalogue de mariage qui occupe les deux sœurs depuis la fin de l'été à en oublier de se disputer. Quand Rose ne le voit pas, Charles-André la regarde comme je dévore des yeux les tartes aux fraises dans la vitrine du boulanger. On se marre, Bouba et moi. Il me braille dans les oreilles, « c'est ça l'amour ! »...

Et puis je ne ris plus.

Du tout.

Je fonce sur le canapé tête baissée, prête à dégommer Charles-André, dégage, c'est ma maman ! Bouba dérive ma trajectoire de justesse et me flanque le nez dans le bol de cacahouètes salées posé sur la table basse, « empiffre-toi, ça va te calmer ». Je plonge une main rageuse dans le bol d'arachides, avale une pleine poignée sous le nez de Rose qui regarde toujours ailleurs.

– Maya, c'est pour toi.

Charles-André me tend son paquet. Un sourire se dessine sur mes lèvres, vite réprimé.

– C'est une belle boîte de peinture, je parie, roucoule Rose.

Charles-André est stupéfait :

– Comment le savez-vous ? Je ne vous ai rien dit !

Rose fait ses yeux de sorcière. Attends que je te fasse redescendre sur terre...

– Maya, qu'est-ce qu'on dit ?

– J'aime pas la peinture.

– Hou, la menteuse ! Ne l'écoutez pas, Charles-André.

– Et toi alors ? Tu n'aimes pas les hortensias, tu dis que c'est des fleurs de cimetière.

Touché !

*

C'est ma fête. Elles sont déchaînées. « Ne mets pas tes coudes dans ton assiette, Maya... Ta main sur la table, s'il te plaît... Arrête de t'agiter comme un ver... Essuie ta bouche quand tu as bu... On ne coupe pas la parole aux grandes personnes... » On me sert la soupe à la grimace et tous les sourires sont pour Monsieur ! Bon, il a de jolies mains, fines et soignées, avec des ongles propres. « Des maing de fainéang », dirait Camille. Il mange du bout des lèvres, son petit doigt en l'air comme s'il avait peur de se brûler. « Chiche », me défie Bouba, toujours partant pour une bonne rigolade. Je tiens ma fourchette comme Charles-André, avec quatre doigts et le dernier en vacances. Ça marche, je suis fière de moi, et puis patatras ! Ma fourchette s'écrase dans ma coquille Saint-Jacques, un geyser de sauce Béchamel arrose la belle chemise blanche de l'invité !

Consternation autour de la table.

Marceline me lance son regard « tu vas l'avoir ta fessée », puis elle se précipite à la cuisine pour chercher un linge mouillé. Rose a le fou rire, comme toujours dans les moments critiques. Je me laisse contaminer, elle me flanque une gifle carabinée :

– Tu te crois maligne ? Dis pardon à ton papa !

L'autre en profite pour lui tapoter le bras :

– Ce n'est rien, Rose, ne vous inquiétez pas.

Je préfère détourner les yeux plutôt que de voir ça.

– Tout va s'arranger ! s'égosille Marceline, de retour. J'en ai profité pour apporter le gigot.

Elle dépose le plat de viande sur la table, dégaine le torchon propre qu'elle a coincé dans sa jupe, et se précipite sur le poitrail de Charles-André comme sur l'hostie de Monsieur le curé.

*

– Elle est odieuse en ce moment, une vraie bourrique. C'est normal, sa mère cède à tous ses caprices. Il est grand temps qu'un homme intervienne dans son éducation.

– Maya, retire tes doigts du plat. Maya ? Que voulez-vous que je fasse, elle n'écoute rien !

– Maya, si tu n'écoutes pas ta mère, tu vas obéir à ta marraine. Retire tes doigts du plat immédiatement ou tu seras privée de dessert !

– Voyons mon petit, soit raisonnable, fais ce que ta tante te dit. On ne patauge pas ainsi dans les plats. Les règles du savoir-vivre impliquent que l'on choisisse le morceau qui se trouve devant soi.

– Bravo, Charles-André ! Tu as entendu ton papa ? Je vous sers quel morceau dans le gigot ?

– Heu... Comme vous vous voudrez.

– Vous avez bien une petite préférence.

– Je l'avoue, j'aime bien l'entamure.

Oh non, pas l'entamure ! Elle le sert le premier, elle lui donne mon morceau, le plus beau et le plus grillé, c'est trop ! Je saute de ma chaise et cours m'enfermer dans les toilettes en hurlant :

– C'est pas mon papa, d'abord, mon papa c'est le Saint-Esprit !

*

Assise sur la lunette, j'appelle les anges de Rose au secours. Qu'ils rappliquent au plus vite. Il faut qu'ils lui expliquent. Notre vie à toutes les trois ne peut pas changer. Tout doit rester comme avant, toujours !

Bouba se démène pour me consoler. Il se cache au fond du trou des toilettes, il se transforme en otarie, en alligator qui me mange les fesses, il fait le boa constricteur autour de la chasse d'eau, « pleure, pleure, ça fera pousser les salades ! »... Rien ne me fait rire. Cet homme citron aux yeux vert chat, je vais le tuer !

Je ne veux pas que ma vie change, je ne veux pas que Rose se marie, je ne veux pas que ma vie change, je ne veux...

– Tu peux sortir des toilettes, Maya. Il est parti, fait une voix à travers la serrure.

C'est Rose ! Ses anges lui ont parlé. Elle a raccompagné Charles-André sur le palier, lui a expliqué qu'elle ne pouvait pas se marier, sa fille était trop malheureuse, et elle lui a claqué la porte au nez.

Je peux sortir de ma cachette maintenant que j'ai retrouvé mon alliée.

Rose n'a pas l'air fâché. Elle me claque les fesses, mais je vois bien qu'elle a envie de rire. Marceline me torpille de son regard « tu mériterais une bonne fessée » et décide de m'ignorer. Rose veut que j'ouvre mon paquet, Marceline n'est pas d'accord, « je ne le mérite pas ». Tout est comme avant ! Rose me rejoint dans ma chambre et me donne mon paquet en douce. Nous l'ouvrons ensemble. Je découvre la plus belle boîte de gouaches vue de toute ma courte vie !

– Tu vois, ton papa a pensé à toi.

Je ne relève surtout pas. Rose se glisse entre mes draps comme s'il y avait de l'orage. Ses doigts jouent un moment dans mes cheveux. Elle se redresse sur un coude, l'air coupable :

– Je sais que tu m'en veux, Minouchette. Tout est allé si vite ! Il faut que je t'explique...

*

On est au mois de juillet dernier et ce n'est pas la joie rue Bréguet. Rose se languit de moi et elle attend une lettre qui n'arrive pas – de qui ? Rose ne le dit pas, mais notre vie à toutes les deux en dépendait. Ce qu'elle est pénible ! Il faut toujours qu'elle raconte les choses à moitié sans dire toute la vérité ! On est au mois de juillet dernier, donc... Rose ne supporte pas la chaleur à Paris, elle se dispute sans arrêt avec sa sœur qui se venge en la traitant de fille mère. Rose soupçonne Marceline de lui voler son courrier. Marceline nie, juré craché ! Les jours, les semaines passent, toujours pas de lettre. Rose se désespère. Une nuit, un ange lui souffle de tout laisser tomber, la lettre et son expéditeur. Rose pleure beaucoup. Marceline se moque d'elle et lui rabâche qu'elle « l'avait prévenue ».

Rose est comme moi, elle ne peut pas rester triste très longtemps, il y a toujours quelque chose de nouveau qui vient bousculer son chagrin. Elle a déjà oublié la lettre ce fameux soir où elle rentre de la crèche, mon ancienne crèche, rue Jean-Pierre-Timbaut, où elle travaille comme auxiliaire de puériculture. Rose se vautre sur le canapé pour « décompresser » comme elle dit, jambes en l'air sur le dossier. Soudain, elle voit le journal sur la table basse. Il est ouvert à la page des annonces matrimoniales – « Des petits mots qu'on écrit pour se présenter quand on se cherche un ou une fiancée », m'explique Rose –, Marceline cherche un amoureux, elle qui nous claironne « qu'elle ne s'embarrassera jamais d'un bonhomme ! ».

Morte de rire, Rose s'amuse à trouver l'amoureux idéal pour sa sœur dans les petites annonces. Elle en trouve deux qui pourraient convenir. Lorsque Marceline rentre de son travail, elle est secrétaire aux Editions Fleurus et prend des cours du soir de comptabilité, Rose lui fait la lecture à haute voix. Bizarrement, la grande sœur se laisse charrier sans réagir. La première annonce la laisse froide, mais la seconde, homme sérieux, bonne éducation, situation solide, recherche compagne pour fonder foyer heureux et uni, la fait s'exclamer :

– Le rêve de toutes les femmes !

Après, c'est le brouillard. Ce qui s'est passé vraiment, pourquoi Rose est allée au rendez-vous à la place de sa sœur, j'en sais rien ! Quoique... Bouba et moi, on a bien notre petite idée... Marceline a des complexes derrière ses airs supérieurs, elle se trouve grosse et moche, elle a eu peur que le monsieur du journal soit déçu et qu'il se moque d'elle, alors elle a préféré envoyer Rose en éclai reur, plus gâtée par la nature. Trop contente d'être utile à Marceline qui se plaint souvent du contraire, Rose a accepté le marché. A moins que... Et si c'était Marceline qui avait tendu un piège à Rose, depuis le début, pour qu'elle soit une femme mariée et ne reste plus fille mère ? Connaissant la curiosité de sa sœur, elle a laissé traîner le journal exprès sur la table, ouvert à la bonne page, et Rose a mordu à l'hameçon !

Le premier rendez-vous a lieu dans un salon de thé de l'hôtel Lutetia. Rose ne fréquente jamais les salons de thé, la rue de Sèvres n'est pas du tout son quartier, et le Lutetia, connaît pas ! Rose se trompe de station de métro, arrive en retard devant un grand hôtel pour riches où elle n'ose pas entrer, surtout habillée comme elle est, en tee-shirt et minijupe. Elle fait les cent pas sur le trottoir sans pouvoir se décider. Le temps est lourd ce matin-là. Le ciel commence à s'assombrir, les premières gouttes à tomber, le tonnerre à gronder. Au premier éclair, Rose fonce dans le hall de l'hôtel sans plus se poser de questions. Un serveur l'aborde en faisant des manières. Rose lui explique, très embarrassée, qu'elle a rendez-vous avec un monsieur qu'elle ne connaît pas. Le serveur la pilote jusqu'au salon de thé. Rose repère du premier coup d'œil le jeune homme brun assis à une table éloignée, le dos bien droit sur sa chaise.

*

Il s'incline comme si elle était la reine d'Angleterre :

– Charles-André de la Gunardière, enchanté !

Rose plie les genoux comme à la messe, après la communion :

– Rose Verdier, enchantée...

– Désirez-vous une tasse de thé ?

Elle répond par un battement de cils distingué.

– Une tranche de cake ?

Elle rapproche ses deux pouces et murmure d'une voix précieuse :

– Une toute petite tranche alors.

Seigneur Dieu Marie Joseph ! comme dirait Marceline en colère. Le cake part en miettes sur la belle nappe blanche, Rose ne sait plus où se mettre, une vraie cochonne ! De l'autre côté de la nappe, la place de Charles-André est impeccable. Il sert le thé dans les tasses en porcelaine, son petit doigt en l'air, grignote son gâteau avec une délicatesse de chat, sans faire une miette et sans dire un mot.

Charles-André est toujours muet, même quand il a fini son gâteau. Rose commence à s'ennuyer. Pas moyen de s'échapper. Quand Rose s'ennuie, son imagination s'emballe et elle a des visions. Les belles nappes blanches se transforment en linceuls sous ses yeux, les clients en momies, les serveurs glissent sur le plancher comme des fantômes, les dames âgées crachent leur dentier toutes en même temps et leurs colliers de perles tournoient sur leurs vieux os comme les planètes autour du soleil. Rose voit une belle auréole blanche et violette couronner la tête de Charles-André. Elle attend qu'il sorte de sa tasse pour plonger dans ses yeux verts comme dans un sérum de vérité. Rose et son troisième œil voient un homme triste, timide, sensible et réservé. Un homme de devoir sur qui l'on peut compter. Rose n'a plus le cœur à lui mentir, elle avoue tout ; qu'elle a pris la place de sa sœur avec qui elle vit, qu'elle est mère célibataire d'une petite fille métisse de six ans et demi. Elle s'attend à ce que Charles-André prenne ses jambes à son cou, mais il lui propose une promenade en barque sur le lac du bois de Vincennes !

5

C'est ma faute, le tailleur bleu lavande du catalogue et le voile trop court. Rose pointe sur moi un doigt vengeur :

– Si tu n'étais pas née, j'aurais une longue robe blanche à traîne comme toutes les mariées !

Son visage se fige dans la glace :

– Mon bouquet...

Rose court à la porte, au bord du sanglot :

– Marceliiiine ! J'ai oublié mon bouquet chez la fleuriste.

La grande sœur rapplique avec un bouquet rond et son air « que ferais-tu si je n'étais pas là ». Rose lui arrache les fleurs des mains sans un merci et elle retourne se pavaner.

Le bouquet n'y change rien, plus je la regarde et plus je la trouve tarte en mariée.

– Merci, Minouchette, c'est gentil, fait Rose dans la glace, la bouche en biais.

On ne peut même plus penser tranquille... Je vais voir Marceline dans la pièce d'à côté. C'est guère mieux, tassée sous sa capeline marron, on dirait un gros cèpe.

– Ta mère est prête ? On va être en retard à l'église. Il faut encore qu'on te dépose chez la voisine.

– Je ne veux pas aller chez la voisine. Elle est vieille et elle pue !

– Maya, veux-tu te taire ! Si le petit Jésus t'entendait ? Madame Zylberstein est très gentille et elle aime beaucoup les enfants.

Rose fait son entrée. Elle tourbillonne sur elle-même :

– Alors, je suis comment ?

– En retard ! la mouche sa sœur sans lui jeter un regard.

– Et toi Minouchette ?

Les yeux de Rose quêtent un compliment. Je la fixe durement, bras croisés :

– Je veux aller au mariage avec vous.

– C'est impossible, je te l'ai déjà dit.

– Pourquoi ?

– Marceline, dis-lui...

– La mère de Charles-André ne le souhaite pas. On ne va pas commencer à faire des histoires.

Je les regarde partir de la fenêtre de la voisine, ses vieilles mains mouchetées posées sur mes épaules. Rose se tord les chevilles sur les pavés glissants de la cour. Protégée par son grand chapeau, Marceline abrite sa sœur sous un parapluie. Madame Zylberstein roule les r dans mon chignon :

– Marriage pluvieux, marriage heurreux !

Elles lèvent les yeux dans ma direction. Marceline agite la main, Rose me souffle un baiser. Je leur fais mon visage de pierre. Bouba me commente le tableau au creux de l'oreille : « Tu as vu comme elle a l'air bête avec son voile trop court ? Et l'autre, avec son chapeau galette ! Toutes ces belles flaques d'eau où elles pourraient s'étaler et se salir... Elles seraient obligées de remonter pour se changer, ça les mettrait en retard. Quand elles arriveraient à l'église, il n'y aurait plus personne pour... Cesse de rêver, Maya, tu n'as pas d'autre choix que d'accepter. »

*

Rose ne rentre pas rue Bréguet après son mariage. Elle est partie en voyage avec Charles-André... Marceline vient me chercher chez Madame Zylberstein tard dans la soirée, avec une surprise ! Camille et Alice m'attendent chez nous, « montés » à Paris exprès pour la cérémonie. Alice porte une jolie robe à fleurs, Camille n'est pas très à l'aise dans son costume du dimanche qui sent la naphtaline. Il se plaint d'avoir le ventre gonflé, d'avoir trop bu et trop mangé. Ils m'ont apporté de la fouace, la brioche typique de l'Aveyron. Alice demande la permission d'enlever ses chaussures neuves, elle a des ampoules. Marceline remplit un seau d'eau tiède avec du gros sel pour qu'elle trempe ses pieds blessés. Camille commence par refuser le digestif que Marceline lui offre, puis il se laisse tenter. L'alcool lui donne chaud. Camille fait valser son veston, se débarrasse de sa cravate et fait voler ses boutons de manchettes :

– Boudiou, je revis !

Je veux que ce soit lui qui me couche. Dans l'état où l'eau-de-vie l'a mis, je suis sûre de tout savoir sur le mariage ! Mais Alice veut venir elle aussi ! Je dois dire « oui » pour ne pas faire de jaloux. Ils ferment bien la porte de ma chambre comme je le leur ai demandé. Chacun s'assoit gentiment sur un côté de mon lit. Ils vont bientôt se disputer, à qui me racontera la noce le premier !

– Quand j'ai vu la tête de la belle-doche sur le parvis de l'église, je me suis dit, Camille, tu vas laisser cet accordéong dans le coffre de ta voiture, ce n'est pas le genre de la maisong.

– Elle était habillée tout en noir, c'est gai pour un mariage ! Rose s'est approchée gentiment de sa belle-mère pour l'embrasser. L'autre a eu un mouvement de recul, j'ai bien vu. Elle a tendu sa joue à contrecœur, sans même relever le tulle de sa voilette, puis elle a dit sèchement : « Dépêchons-nous, mon petit. »

– Le Charles-André fouettait tellemeng devant sa mère qu'il n'osait pas embrasser sa future femme ! Elle était pourtang bieng belle, la Rose...

– Pourquoi la mère de Charles-André ne voulait pas que j'aille au mariage ?

Alice fait un petit signe à Camille qui ne m'échappe pas.

– Parce que c'est une grincheuse, Pétassoune. T'as rien loupé, je t'assure. C'est bieng triste pour ta pauvre mamang, mais je ne me suis jamais autant emmerdé à une noce ! Soi-disang que le Charles-André sort d'une grande famille avec ses sept frères et sœurs. Va comprendre pourquoi nous étions trois pelés et un tondu dans l'église ! Tu sais que je n'aime pas trop les églises, mais il faut bien faire des exceptiong... Tu aurais vu la tête de la belle-doche à la cérémonie, Alice a raisong, on se serait cru à un enterremeng, té. Elle s'est éclipsée aussitôt après la messe, sans parler à personne. Et ça se dit bieng élevée ! J'avais mal au cœur pour les pauvres mariés. Ils avaient réservé tout le restaurang pour les deux familles et nous nous sommes retrouvés à six autour d'une table. On a voulu les punir, c'est tout.

– Punir de quoi, Camille ?

– Hé bé... C'est compliqué à t'expliquer... Qui est-ce qui a un manche à balai dans le cul, qui se croit au-dessus des autres et qui a l'esprit plus rétréci qu'un petit pois ? Un bourgeois !

– Ne l'écoute pas, ma chérie. Camille dit des bêtises grosses comme lui parfois. Le mariage de ta maman ne s'est pas mal passé du tout. Charles-André n'est pas très causant, c'est vrai, il a été élevé chez les pères jésuites, mais c'est un homme bien qui s'est mis toute sa famille à dos pour épouser la femme qu'il aime et reconnaître son enfant, ce qui n'est pas rien.

– Tu te reng compte, Pétassoune, va falloir t'appeler Maya de la Gunardière maintenang !

– Pourquoi ? C'est Maya Verdier mon nom, pas Maya de... de la... Ninardère !

– Elle n'arrive même pas à le prononcer, té...

– Camille, si tu cessais de jeter de l'huile sur le feu ? Il faut dormir, ma chérie, il est tard. Et n'oublie pas, nous t'attendons à Auzits l'été prochain !

Camille me donne un gros baiser piquant avant de soupirer :

– Si monsieur Charles-André de machin chose le veut bien...

– Camille, elle était au mariage, la maman de ma maman ? Tu sais, ma grand-mère la cloche !

– Mais qu'est-ce que tu racontes, Pétassoune, tu as dû rêver, bredouille Camille dans sa moustache, l'œil en biais sur Alice. Endors-toi vite, té, au lieu de dire des sottises.

*

On a quitté Marceline et la rue Bréguet pour suivre Charles-André « résidence des Pinsons » à Saint-Germain-en-Laye, un immeuble neuf de quatre étages avec une terrasse et un terrain de jeux. J'appelle Charles-André « papa ». Il m'apprend à nager et à faire du vélo. Je dois me laver les mains avant chaque repas et rouler ma serviette de table dans un rond en argent massif. Rose ne travaille plus à la crèche. Elle a beaucoup grossi, surtout du ventre ! La faute au Saint-Esprit. Rose attend un bébé pour le mois de septembre, elle chantonne *Nicolas, Nicolas*, persuadée que c'est un fils.

Charles-André s'est mis à la pipe. Il fume un tabac hollandais qui empeste, si bien que Charles-André est toujours dans la maison même quand il est au bureau ! Il est ingénieur en informatique, place Vendôme. C'est tout ce que j'en sais. Mon papa a la conversation d'un poisson rouge. Il ne parle jamais de son travail ni d'autre chose, il faut lui arracher les mots de la gorge.

Charles-André continue à vouvoyer Rose qui l'a vite tutoyé. Chassez le naturel, il revient au galop, comme dit Marceline, qui nous rend visite chaque week-end, sans exception. Elle s'ennuie toute seule rue Bréguet maintenant qu'elle ne peut plus se disputer avec sa sœur. Quand Marceline débarque à la maison, Charles-André a toujours des comptes à faire ou des papiers à ranger dans son bureau. Le samedi après-midi, nous allons nous promener tous les quatre en forêt de Saint-Germain. Rose fait un cake pour le goûter. Nous le dégustons assis sous un gros chêne. Rose adore les grands arbres, elle dit qu'ils sont « nos gardiens ». Les deux sœurs commencent à se chamailler, Bouba et moi on va observer les escargots ou les vers de terre un peu plus loin, Charles-André disparaît dans les fourrés. C'est presque l'heure de rentrer quand il en ressort, un bouquet de violettes, de fougères ou de branchages dans la main. Il l'offre à Rose en baissant les yeux. Elle dit « merci, mon chéri » sans regarder le bouquet, elle le dépose distraitement sur ses genoux et elle se remet à parler avec sa sœur. Charles-André ne dit rien, mais je vois bien qu'il est déçu.

Marceline dort chez nous le dimanche soir pour éviter les embouteillages du week-end. Elle part tôt le lundi matin avec Charles-André, chacun dans sa voiture. Marceline est ravie de m'entendre lui réclamer *La Passion du Christ* au coucher, en souvenir du bon vieux temps, mais si je la supplie de me ramener à Paris avec elle, elle monte tout de suite sur ses grands chevaux :

– Cesse de gémir, Maya. Tu nous as causé assez de soucis !

6

Rose a bien changé depuis qu'elle est mariée. Elle oublie de me parler des anges, je ne suis plus une princesse, elle ne me chante plus *Only you* dans un micro imaginaire pour me bercer, et ne me rappelle plus jamais que nous avons un secret. Elle a toujours quelque chose à faire, la cuisine, le ménage, écouter la radio qu'elle appelle « mon oxygène » et qui marche toute la journée. Rose repasse son linge avec Dalida, cire son parquet avec Claude François, lave ses vêtements avec les Beatles, fait sa vaisselle avec Tina Turner. Le coucou du salon prend la relève toutes les heures. Quand il chante dix-huit coups, Rose perd la boule :

– Minouchette, ton père va rentrer du bureau, on éteint la radio et on range tout, olé !

C'est nouveau, Rose termine toutes ses phrases par un « olé » agressif qui résonne à mes oreilles comme un coup de pied aux fesses.

La clef de Charles-André tourne dans la serrure, la mère et la fille sont au garde-à-vous dans l'entrée, Rose coiffée et remaquillée, moi en pantoufles et robe de chambre. Charles-André embrasse sa femme sur le front et sa fille dans les airs, puis il va dans sa chambre passer sa tenue d'intérieur, un peignoir en soie bordeaux et des mules en cuir. Rose file à la cuisine surveiller le dîner.

J'attends le « Passons à table ! » de Charles-André qui me fait l'effet d'une pierre sur l'estomac.

A table, Charles-André ne l'ouvre pas. Il mange, il surveille mon assiette en battant la mesure de l'*Hymne à la joie*, du poing sur la nappe. Charles-André aime la grande musique, c'est *Neuvième Symphonie* de Beethoven à fond dans les oreilles à tous les dîners ! Charles-André adore le potage au cresson, Rose en fait tous les soirs, été comme hiver. Je hais le potage au cresson. Le nez dans ma soupe verte, je regarde Bouba se transformer en crapaud, l'écoute me chanter *Only you* plus fort que les violons de ce raseur de Beethoven. Je lui jette de la mie de pain qui se transforme en nénuphars, Charles-André me matraque les phalanges avec sa fourchette :

– Maya, on ne joue pas avec la nourriture.

Il élève rarement la voix, mon papa, mais quand il crispe les mandibules, c'est très mauvais signe.

– Termine ce potage avant que je t'en mette une double ration.

J'appelle Rose au secours par la pensée. Une envolée de cymbales l'empêche de me capter.

Elle disparaît dans la cuisine et me laisse seule avec Charles-André.

– Maya, ton potage.

– J'aime pas la soupe au cresson.

– Je ne te demande pas de l'aimer, mais de la manger.

– J'aime pas...

– Sacré nom d'une pipe, tu vas me terminer ce potage !

« Sacré nom d'une pipe », le pire gros mot que Charles-André connaisse. Je suis bonne pour la raclée jésuite. Celle qu'il se recevait enfant quand il désobéissait. La raclée jésuite, c'est un truc vicieux, ça ne prévient pas, ça démarre tranquillement, l'air de rien, et puis d'un coup, alors que tu ne t'y attends pas du tout, ça devient fou, ça t'arrache de ta chaise, te traîne par le chignon jusque dans la salle de bains et te fracasse la tête contre les murs, l'*Hymne à la joie* en fond sonore ! Et puis ça s'arrête tout aussi brutalement que ça a commencé, comme si rien ne s'était passé, comme si t'avais rêvé, tu retournes à table en boitillant, t'avales ta soupe sans respirer, et tu maudis à la fois ton père, ta mère, Ludwig van Beethoven, la soupe au cresson et ce foutu Saint-Esprit qui t'a mise sur terre rien que pour t'en faire baver !

*

Rose est fatiguée avec son gros ventre. Elle veut m'envoyer à Auzits pour les grandes vacances. Charles-André n'ose pas la contredire dans son état. C'est la joie ! Je retrouve Auzits, Alice et Camille. Ils me présentent Michel, le petit-fils de Madame Josy qui vit à Rodez. Michel a dix ans, soit deux de plus que moi. Il m'apprend à vider les truites avec les mains, à distinguer les vipères des couleuvres, il me montre son p'tit Jésus cinq fois par jour, beaucoup plus riquiqui que celui de Camille, mais je ne lui montre pas ma fente-tirelire malgré la pièce d'un franc qu'il me promet. La vieille Maria la lingère a cassé sa pipe dans son lit, en plein sommeil. Madame Josy est devenue énorme depuis qu'elle a perdu son mari. Il est allé s'amuser à la foire de Figeac et il n'est jamais revenu, volatilisé comme ma grand-mère Marthe la cloche ! Alice m'a mesurée contre le mur, puis elle a fait un petit trait au crayon à papier sur la peinture. Il paraît que j'ai pris trois centimètres depuis l'été dernier. Camille me trouve plus renfermée qu'avant, il dit que c'est « l'influence de Charles-André ». Il se fait aussi du souci pour un rosier qui ne donne pas. Camille attend encore l'année prochaine pour l'arracher, les fleurs sont comme les filles, elles boudent et font des caprices parfois.

A la fin des vacances, Charles-André vient me chercher dans sa grosse voiture, une Ford archipropre qu'il conduit vite et bien. Il s'arrête toujours à la dernière minute quand j'ai envie de faire pipi, et il n'ouvre pas la bouche du trajet. Le silence de Charles-André, c'est comme un grand puits sombre où je me noie. J'ai peur qu'il cache des choses terribles qui vont me péter à la figure tôt ou tard. J'ai hâte de retrouver Rose, qu'on se soûle de paroles avec tout ce qu'on aura à se raconter.

Personne ne m'attend dans l'appartement de Saint-Germain-en-Laye. Charles-André m'assure que Rose va bientôt rentrer. Je suis désespérée. S'il m'arrivait le même coup que Madame Josy avec son mari ? Si Rose ne revenait jamais et me laissait seule avec Charles-André pour toute la vie ? Bouba est débordé, il ne sait plus quoi inventer pour me faire rire et me rassurer. Enfin, Rose rentre à la maison après une trop longue semaine. Son ventre a dégonflé et elle tient un bébé dans les bras. C'est Nicolas, mon petit frère. Je suis effondrée. Qu'est-ce que le Saint-Esprit a encore fabriqué ! Nicolas est rose comme un jambon, qui va croire qu'il est mon frère ?

J'annonce sa naissance à ma classe avec beaucoup de fierté :

– Le 9 septembre 1971, à 15 heures !

La maîtresse me demande de décrire mon frère avec les mots nouveaux appris dans le livre de vocabulaire. Je fais de mon mieux :

– Euh... Il est rose pâle avec des yeux collés et une tête tout écrabouillée.

Une petite voix s'élève du fond de la classe :

– Pourquoi il est rose ton frère et toi toute noire ?

Aïe ! Les problèmes commencent. Je jette un regard paniqué vers la maîtresse, transformée en statue.

« Pense à l'histoire de Camille ! » me souffle Bouba en urgence.

J'entends Rose brailler avec Johnny dans la radio : « *Si vous allez à San Fran-ciscooo...* »

L'inspiration me vient subitement :

– C'est parce que j'ai bronzé dans le ventre de ma mère. Elle était en vacances à San Francisco quand elle m'attendait. Le soleil est brûlant à San Francisco. Pour Nicolas, ma maman se reposait en Bretagne. Il pleuvait tous les jours.

Ça se tient, non ? Eh bien la maîtresse fiche tout par terre. Jamais là quand on a besoin d'elle !

– Qu'est-ce que tu racontes, Maya ? Ton nez grandit comme celui de Pinocchio. Tu es née à Paris, pas en Amérique si j'ai bien lu ta fiche d'inscription, et les bébés ne bronzent pas dans le ventre de leur mère, ils sont dans l'eau !

Mes oreilles sifflent dans la cour de récréation, mais j'ai l'habitude... Quand tu es le seul enfant marron de toute ton école et que tu as deux ans d'avance sur les autres élèves de ta classe, tu peux toujours rêver d'être comme tout le monde ! Aujourd'hui c'est « hou, hou la menteuse », demain ça sera « Blanche-Neige, noix de coco, face de zan, négresse à plateau » et j'en passe. Bouba et moi, on fait comme d'habitude, on va se planquer derrière notre poteau, on ferme les écoutilles, et on danse sur l'accordéon de Camille, « fais la toupie, fais le serpent, libre comme le vent ! »...

*

A Saint-Germain-en-Laye, c'est encore pire qu'à Paris. On me demande d'où je viens avant comment je m'appelle. Je leur dis ce que je sais :

– Je suis née en France à Paris 13e, le 15 avril, de ma mère blanche qui s'appelle Rose, et du Saint-Esprit.

Personne ne veut me croire ! On me rit au nez, on se moque de moi, ou on me traite de menteuse sans que je comprenne pourquoi.

Je me pose de drôles de questions parfois... Et si on m'avait trouvée dans une poubelle ?

Si j'étais tombée d'une autre planète ? Si une sorcière m'avait noirci la figure à ma naissance, pour me punir d'une mauvaise action dans une autre vie ?

Un jour de colère, Rose me lance au visage :

– Arrête un peu cette histoire de Saint-Esprit ! Tu es trop grande maintenant pour croire à ces bêtises. C'est le papa qui dépose la graine dans le ventre de la maman pour faire un bébé. Tu vois bien que Nicolas ressemble à Charles-André.

Mon monde s'écroule.

– Et moi alors ? Qui a planté ma graine dans ton ventre ? Ça ne peut pas être Charles-André, j'étais là avant lui !

– Ton père, c'est Charles-André, point final.

Alors là, faudrait quand même pas me prendre pour une truffe, comme dirait Camille.

– Et ton père à toi, c'est qui ? Il est où ?

Rose se tient les tempes à deux mains :

– Qu'ai-je fait au bon Dieu pour avoir une fille aussi compliquée ? ! Ça suffit les questions, Maya, va dans ta chambre et fiche-moi la paix.

Deux jours plus tard, dans l'ascenseur, Rose fait admirer son bébé. La voisine bêtifie, puis s'exclame d'une mine apitoyée :

– C'est triste un enfant unique ! Donnez-lui vite un petit frère ou une petite sœur.

Rose me tapote le chignon :

– Il a déjà une grande sœur.

La dame ouvre des yeux ronds :

– Elle aussi c'est... votre fille ?

– Une erreur de jeunesse, murmure Rose, la tête de côté et les yeux baissés sur ses chaussures.

7

Je suis une erreur, plus une princesse. Erreur comme malheur, comme douleur, comme terreur... Rose, Marceline, les anges, Bouba, tous des menteurs ! Je n'aimerai plus jamais personne. Seulement Nicolas, mon petit frère. Ils ne veulent pas que je le touche, de peur que je l'abîme avec ma maladresse, alors je me glisse dans sa chambre en douce. Penchée sur son berceau, je lui donne tout l'amour que j'ai en trop, « je t'aime mon roudoudou, mon frérot, mon p'tit bout ». Les bébés, c'est comme les fleurs et les bonbons, ça sent bon et ça console de tout le reste... C'est la guerre partout, chez moi et à l'école. Je passe mes journées dans le bureau du directeur, je rentre à la maison le chignon explosé, la jupe tachée d'encre, des zéros pointés plein mes cahiers. Charles-André riposte par des raclées jésuites et Rose me maudit par-dessus son nouveau gros ventre. Treize mois après la naissance de Nicolas, la voilà encore enceinte ! La faute à Charles-André.

Heureusement que Camille pense à moi ! Dans sa dernière lettre, il a pêché une truite de cinq kilos dans le lac de Panat, la fille de Madame Josy s'est mariée avec le fils du boulanger, Gégé le facteur a été retrouvé ivre mort dans le fossé avec sa bicyclette, exactement comme le Pierre, mon arrière-grand-père qui a cassé sa pipe ! Au bas de sa lettre, Camille écrit :

« Si tu es une erreur, Pétassoune, alors le soleil ne mérite pas d'exister ! Une belle fille comme toi, ça ne court pas les champs de blé, crois-moi. Alice et moi, on t'aime comme tu es. Sois patiente avé la Rose, ma reine de Saba, elle a beaucoup souffert, il faut lui pardonner. Un jour viendra où tu auras les réponses à tous tes pourquoi. »

Camille va venir me chercher pour me ramener à Auzits. Là-bas, je redeviendrai qui je suis et je retrouverai Bouba. Je ne l'entends plus, Bouba, lui aussi m'a abandonnée... Camille ne viendra pas. Je n'ai plus confiance dans les grandes personnes, elles ne savent que mentir. Elles te cachent des choses, t'empoisonnent la tête et le cœur avec leurs secrets et après elles s'étonnent que tu deviennes enragée. Tu sautes des tourniquets en marche, tu te bats avec tout le monde, tu grimpes sur ton vélo et tu t'emplafonnes dans une porte de garage, tu t'exploses sur le gravier, tu pisses le sang, tu vis sur des béquilles maquillée de Mercurochrome, tu mens, tu voles, t'as le diable dans la peau, et ta mère ne sait plus à quel ange se vouer.

*

Rose reçoit une lettre de convocation du collège Stanislas. Elle la cache à Charles-André pour m'éviter une raclée. Nous allons ensemble chez le directeur, très remonté :

– Votre fille est violente avec les élèves, insolente avec ses professeurs, c'est une vraie calamité ! Nous ne pouvons pas la garder.

Rose se ratatine dans son gros ventre :

– Monsieur le directeur, je vous comprends. Maya est une enfant exigeante qui a beaucoup trop d'énergie. Peut-être manque-t-elle de maturité ? Faites-lui redoubler sa sixième, il lui restera toujours un an d'avance.

– Ce n'est pas une question de résultats. C'est son comportement qui nous pose problème.

Rose hausse le ton :

– Ecoutez... Ma fille est trop orgueilleuse pour se plaindre, mais je sais parfaitement qu'on se moque d'elle dans la cour de récréation. Doit-elle subir ou se défendre ? Moi, je préfère qu'elle se défende. Les enfants ne sont pas tendres entre eux, comme vous devez le savoir.

Bravo, maman ! Je n'ai rien dit et elle a tout compris.

– C'est vrai, Maya ? On se moque de toi dans la cour de récréation ? me demande le directeur d'une voix mielleuse.

L'hypocrite. Comme s'il ne le savait pas. J'essaie de lui expliquer pourquoi j'ai tabassé tel ou telle, il ne veut jamais m'écouter, il me punit sans chercher à comprendre. Je parle fort, j'ose le regarder droit dans les yeux, c'est toujours moi la coupable !

– Maya est beaucoup trop révoltée pour une fille de son âge. Vous imaginez ce que ça va être à l'adolescence ? Faites-lui faire du sport si elle a trop d'énergie. Elle apprendra à se canaliser au lieu de se défouler sur les autres.

– Je sais ! Je vais l'inscrire à un cours de danse classique, s'écrie Rose, illuminée. Maya a toujours aimé danser, depuis qu'elle est petite. La danse classique, c'est beau, c'est gracieux, ça va lui adoucir le caractère. Donnez-lui une dernière chance, je vous promets que vous ne le regretterez pas.

Rose n'attend pas la réponse du directeur, elle me tend le bras pour que je l'aide à décoller de sa chaise, elle et son gros ventre. Nous sortons dignement du bureau. Une fois dans l'escalier, Rose pouffe dans ses mains :

– Tu as vu comme on l'a eu, Minouchette !

*

Rose peut m'accompagner jusqu'à la porte du cours de danse, mais pas plus loin ! Je suis une grande fille de neuf ans tout de même. Elle s'en va avec Nicolas dans sa poussette. Je reste un long moment à lire et relire la plaque de cuivre qui brille au soleil, *Académie de danse classique Ludovic Bellant, ex-danseur étoile de l'Opéra de Paris*, sans oser entrer. Bouba serait encore avec moi, il me soufflerait à l'oreille : « Courage, Maya ! Presse cette poignée et ouvre cette porte, un trésor t'attend derrière ! » Pourquoi je ne l'entends plus, Bouba ? Suis-je devenue trop grande ?

Faire comme si j'étais Bouba : « Presse cette poignée, Maya ! »

Derrière la porte, il y a une grande salle lumineuse, des miroirs à la place des murs, une longue barre de bois courant autour, un plancher usé, des rideaux en velours noir. Ça sent un mélange de craie, de sueur, d'humidité.

– Fermez cette porte, on gèle, proteste une voix masculine alors que je ne vois personne.

Oups ! Dans ma surprise, j'ai laissé la porte ouverte derrière moi. Je cours la refermer, puis je me retourne sur un homme oiseau moulé dans un collant violet, très beau, très musclé, avec des yeux bleus, des cheveux longs tirant sur l'auburn, un long cou posé sur ses larges épaules. Il me tend la main comme à une grande personne :

– Tu es la nouvelle ? Ludovic, ton professeur... Va te déshabiller dans le vestiaire, là-bas, derrière le rideau noir, puis tu reviendras me voir quand tu seras en tenue.

Dans le vestiaire, des portemanteaux et toujours des miroirs. Je vois des Maya partout comme dans un cauchemar. Je sors de mon sac toutes les belles choses que Rose m'a achetées pour danser, une tunique à volants, une paire de chaussons en cuir souple, un collant couleur chair quand on est blanche et rose dragée quand on est marron, mais bon... Je m'habille les yeux fermés pour ne pas subir mon reflet multiplié. Un brouhaha inquiétant se rapproche du vestiaire. Soudain, c'est l'invasion ! Des blondes, des brunes, des rousses déferlent sur moi, avec le même gros sac sur l'épaule et le même petit chignon sur la nuque. Elles se déshabillent en jacassant entre elles. Je les sens me dévisager même si je leur tourne le dos. On me tape sur l'épaule, une longue fille rousse me sourit :

– Tu es la nouvelle ? Monsieur Ludo t'attend près du piano.

*

– Maya ?

– Hum…

– Regarde-moi quand je te parle. Quel âge as-tu ?

– Neuf ans.

– Tu es dans quelle classe ?

– Sixième.

– Tu es en avance !

– Hum…

– Tu aimes danser ?

– Oh oui, j'adore !

– Nous verrons cela, tu ne diras peut-être plus la même chose dans quelques mois… Ici, j'enseigne la danse classique, on travaille l'en dehors, la souplesse, l'équilibre du corps. La classe commence par un échauffement à la barre, puis nous enchaînons sur une série d'exercices au milieu. Pas de bourrée, piqués, jetés, sauts de chat, déboulés, pirouettes… Tout un langage codifié que tu apprendras peu à peu. C'est toi qui as voulu t'inscrire ou ta maman ?

– Maman, pour que je sois plus calme et qu'on ne me renvoie pas du collège.

– Ah oui ? Tu n'as pourtant pas l'air aussi terrible… Les brebis galeuses et les paresseuses ne sont pas bienvenues chez moi, seulement les élèves motivées et disciplinées ! Redresse-toi pour commencer. Quand on a la chance d'avoir ton port de tête, on ne se tient pas comme une handicapée.

Une femme essoufflée déboule dans le studio :

– Excusez, monsieur Ludo, ces maudits embouteillages...

Elle traverse la salle en se débarrassant de son manteau et court se mettre au piano. Ludovic frappe dans ses mains :

– En place, mesdemoiselles !

Une flopée de flamants roses en chignon s'échappent du vestiaire pour aller se pendre aux barres. Je tourne sur moi-même sans savoir où aller. Ludovic m'attrape par le coude et me place derrière la fille rousse qui m'a souri dans le vestiaire :

– Essaie de suivre Elizabeth du mieux que tu peux.

*

Cramponnée à la barre à l'arracher du mur, les yeux rivés sur les jambes d'Elizabeth, que je finis par voir en double, je fais « comme je peux ». Tout me semble compliqué, les pas qu'il faut enregistrer dans sa tête, puis reproduire sur les comptes que Ludovic scande en frappant le sol avec un bâton, « et un, et deux, et trois, gracieuses comme des cygnes, mesdemoiselles », et suivre les envolées de la pianiste en rythme, puis tout recommencer à gauche, « et un, et deux, et trois ! Les genoux bien tendus, le ventre et le popo bien rentrés, mesdemoiselles ! ».

Je tends les genoux, mes fesses rebiquent. Je rentre les fesses, mes genoux plient ! Dégoûtée, je relâche mes efforts et m'offre une petite pause, de courte durée. Ludovic me fonce dessus, badine en avant :

– Hep, la nouvelle, tu te crois à la plage ? Fais-moi le grand battement que j'ai demandé.

– J'y arrive pas !

Et un coup de bâton sur les jarrets. Stupeur, ma jambe monte à la hauteur de mon nez ! Ludovic n'en revient pas :

– Tu es souple, toi, dis donc. Il va falloir me tonifier tout ça.

Ludovic se place derrière moi et me bloque les hanches de ses deux mains. Il me souffle dans la nuque :

– Recommence. Fais-moi un grand battement aussi beau que le premier.

Et comment je bouge, moi, maintenant ? Mon bassin en prison, je n'ai plus aucun élan. Ma jambe atteint à peine les quatre-vingt-dix degrés.

– Encore !

C'est pire. Ma jambe ne décolle pas du sol.

– Aller, on ne se décourage pas !

Je fais un effort surhumain.

– Bravo, Maya !

Ah bon, il trouve ?

Ludovic se promène autour de moi. Il redresse mon menton, abaisse mes épaules, me patouille comme si j'étais en terre glaise :

– Superbe... Ça c'est une danseuse !

Puis il m'abandonne brutalement pour s'occuper d'une autre élève.

J'essaie de ne pas me démotiver, je me livre bataille toute seule, comme si j'étais Ludovic et que j'aie affaire à moi. Allez, Maya, rentre ce bidon, tends ces fichus genoux, serre ce gros popotin, tire ce cou de girafe ! C'est toi, ça ? Tu es presque jolie, dans la glace, en danseuse... Si seulement on pouvait te trancher la moitié des fesses, Rose ne dirait plus « on pourrait poser un téléviseur dessus » ; et aussi gommer cette peau marron qui te distingue des autres danseuses ; et lisser ces cheveux sauvages qui s'échappent en tortillons de ton chignon. On ne les oubliera que si tu danses très bien, sur les comptes, sur la musique, et mieux que toutes les autres ! Tu seras toujours différente, mais tu seras la meilleure. Ils seront obligés de te regarder comme si tu étais la reine de Saba...

Le cours se termine trop vite. J'adore la danse classique ! Je vais me rhabiller dans le vestiaire, prête à sortir les griffes à la moindre attaque sur ma couleur. Elizabeth me fait un clin d'œil en sortant :

– A plus, Maya !

Je traverse le studio le nez sur mes baskets, Ludovic m'interpelle :

– A jeudi, la nouvelle ! Tu t'es bien débrouillée.

Rose m'attend sur le trottoir avec Nicolas. Elle ne demande rien, mon sourire lui suffit.

8

Baptiste est né et Rose a retrouvé ses anges. Déjà fière de son premier fils, Rose tombe amoureuse du petit second, « un ange incarné descendu du ciel rien que pour moi », affirme-t-elle. Dormeur, gros mangeur, doux et calme comme un petit bouddha, Baptiste fait tout pour faciliter la vie de sa mère, s'il complique un peu plus celle de sa grande sœur. Baptiste est blanc comme Nicolas, avec des cheveux blonds et des yeux vert chat ! Qui va se faire traiter de menteuse ?

Rose a encore moins de temps à me consacrer, mais la danse classique m'a fait remonter dans son estime. Désormais, quand elle invite ses voisines à prendre le thé, je suis priée de leur faire une démonstration. Rose les chauffe en faisant ma publicité :

– Vous allez voir comme ma fille est gracieuse... Son professeur me dit qu'elle est très douée, un ancien danseur étoile de l'Opéra de Paris, on peut lui faire confiance !

Le *Lac des cygnes* tourne sur l'électrophone. Rose se transforme en Monsieur Loyal et moi en singe savant :

– Maya va vous faire les ports de bras. Montre-leur, Maya ! Et le grand écart, fais-leur le grand écart, qu'elles voient. Vous avez vu ? Un vrai chewing-gum, ma fille. Déjà, dans mon ventre, quand j'écoutais cette émission de jazz à la radio tous les vendredis, Maya dansait dans mes entrailles à me faire perdre l'équilibre...

C'est toujours la même rengaine, mais je ne m'en lasse pas. Les voisines m'applaudissent, serrées comme des sardines sur le canapé. Rose fait la roue. Ce n'est plus le diable que j'ai dans la peau, c'est la danse ! Le coucou du salon sonne 18 heures, tout le monde dehors, Charles-André va rentrer. Rose coupe la chique à Tchaïkovski. Le cygne noir est prié d'aller se rhabiller, olé !

*

Si ma grande souplesse bluffe Rose et ses voisines, Ludovic ne veut pas s'en contenter. Maintenant qu'il me voit chaque semaine, jeudi et samedi, je n'ai plus que des défauts ! « Tu es trop nerveuse, Maya. Tes pieds sont plats, tes fesses cambrées, tu ne tiens pas debout, tu ne respectes jamais les comptes, tu vas plus vite que la musique, tu ne seras jamais une danseuse. » Ludovic te fait un compliment, avale-le et ferme-la. S'il s'aperçoit qu'il te donne la grosse tête, il te la dégonfle direct par une bonne leçon d'humilité dont il a le secret :

– C'est quoi ces ronds de jambe, Maya ? Cochonnasse ! Baisse cette hanche et concentre-toi sur ta jambe de terre au lieu de chercher à te gratter l'oreille avec l'autre. On n'est pas au Moulin-Rouge ici. Trop de souplesse est un handicap, je te l'ai déjà dit. Le talent n'est jamais suffisant, c'est le travail qui fait toute la différence ! Tu as compris ?

Ludovic n'est jamais satisfait et il veut toujours plus. « Plus haut la jambe, Maya ! Plus vite, tu lambines ! Plus grand, c'est riquiqui ! » Il te veut parfaite et après il te dit : « La perfection n'existe pas, mais il faut t'en rapprocher. » Un dur, Monsieur Ludo, mais comme je l'aime ! Si tu le voyais faire la toupie sur sa demi-pointe, cinq pirouettes « les doigts dans le nez », ou s'envoler dans le studio comme un oiseau pour nous montrer un grand jeté, toi aussi tu croirais aux anges !

Maintenant que j'ai découvert la danse classique, je ne peux plus supporter le collège. On t'apprend des trucs rasoirs comme la physique, la technologie, on ne te parle jamais des anges, de la danse, de la peinture, des rêves, des fleurs. Tout ce que j'aime, je dois l'apprendre ailleurs ! Pour moi, la semaine, c'est jeudi et samedi, quand je vais au cours de danse, les autres jours je m'ennuie et je gesticule. Mes professeurs n'en peuvent plus de me voir m'agiter sur ma chaise. Ils se plaignent tous à mes parents dans mon carnet de correspondance, « Maya ne tient pas en place, Maya se donne en spectacle »... Qu'est-ce que j'y peux si l'immobilité m'angoisse ? J'ai besoin de bouger parce que je ne trouve jamais les bons mots pour exprimer tout ce que je ressens. Je n'en connais pas assez. Les miens sont trop violents, ils ne conviennent jamais. Je parle mieux avec mon corps. Le corps ne ment pas. Les mots, si !

– Rien n'est plus important que les études, Maya, si tu veux devenir quelqu'un un jour, me sermonne Charles-André.

Je suis déjà moi, pourquoi devenir quelqu'un d'autre ?

– Cesse de faire de l'esprit. A douze ans, on ne sait rien.

Moi, je sais très bien ce que je ferai plus tard : danseuse et reine de Saba ! Le plus difficile, c'est de le faire accepter par les autres...

*

Mes oreilles d'éléphant surprennent une conversation étrange derrière les murs de la chambre parentale. Rose est furieuse :

– Nous sommes en 1977, je vis comme une femme du siècle dernier !

– Ne soyez pas enfantine, Rose. Nous avons trois enfants à élever, un quatrième à venir, nous devons surveiller nos dépenses et faire des sacrifices.

– Les mômes, le ménage, la tambouille... Ras le bol ! Maya est arrivée trop tôt, je n'ai pas pu profiter de ma jeunesse, j'ai déjà trente ans et je ne peux toujours pas m'amuser ! J'ai envie de sortir, d'aller danser... On ne fait jamais rien. Je ne vais pas vivre longtemps, Charles-André, il faut que j'en profite.

– Cessez donc vos sottises...

– Je ne voulais pas ce quatrième bébé, je te l'ai dit ! Toutes ces grossesses rapprochées m'épuisent. Trimballer ce gros ventre, ces seins gonflés, moi qui étais si coquette... C'est bien simple, j'ai perdu le goût de m'habiller. Après l'accouchement, je prends la pilule, que tu sois d'accord ou non.

Et de quatre ! J'accepte de partager ma chambre uniquement si le nouveau venu est une fille. Je ne me fais plus d'illusions sur sa couleur, elle sera blanche comme Rose et Charles-André.

*

Mon vœu a été exaucé, le quatrième enfant de la famille est une petite sœur ! Cela me console un peu de rester la seule « marron » de ma famille. Je tombe amoureuse de Benny au premier regard, et qu'importe nos années d'écart ! Nous partagerons la même chambre, nos peines, nos joies. Dire que Benny a failli ne jamais venir ! L'accouchement s'est mal passé. J'ai entendu Charles-André le raconter à Marceline au téléphone. Les médecins lui ont demandé de choisir, laquelle des deux devaient-ils sauver, la mère ou la fille ?

– Les deux ! leur a répondu Charles-André.

Les médecins ont fait ce qu'ils ont pu, et ils ont bien fait. Benny est sortie par les pieds au bout de vingt-quatre heures. Elle était violette, le cordon ombilical enroulé autour du cou, mais bien vivante. Rose partait régulièrement voir ses anges, puis elle est revenue définitivement sur terre, épuisée et de très méchante humeur. Pas question de donner le sein à Benny ou de la prendre dans ses bras, Rose lui en voulait comme si c'était sa faute, toute cette douleur. Charles-André nous a présenté notre petite sœur, je ne l'ai jamais vu aussi gâteux, les mots doux jaillissaient de sa bouche comme une fontaine de miel : « Ma poupée, ma pépée, ma chérie, ma petite... N'est-ce pas qu'elle est mignonne, ma Benny ? » Ça me faisait tout drôle de l'entendre, moi qui n'étais pas sa vraie fille, jamais Charles-André ne m'avait dit des choses aussi jolies.

*

De retour à la maison, les choses ne s'arrangent pas entre Rose et Benny. La mère et la fille pleurent ensemble. Rose est très fatiguée, elle maigrit à vue d'œil, des fourmis invisibles lui piquent la plante des mains et des pieds. Elle a peur de la foule, de l'ascenseur, de la vitesse en voiture, des accidents. La nouvelle lubie de Rose, c'est que ses enfants disparaissent, se volatilisent sous ses yeux comme Marthe la cloche, sa mère et ma grand-mère ! Rose s'énerve surtout après ses filles, responsables de tous ses malheurs. La petite qui a démoli sa santé, la grande qui lui a volé sa jeunesse et sali son honneur. Ma sirène se transforme en sorcière. Les coups de savate pleuvent sur ma tête, les assiettes cassées sur le dos s'additionnent aux raclées jésuites. J'ai douze ans, quelques poils, un début de poitrine douloureux et la révolte dans la peau. Un coup de savate de trop, Rose se retrouve sur le carreau, hébétée.

Rose, je l'adore et je la hais, je feins de croire tout ce qu'elle me dit, mais je sais parfaitement qu'elle me mène en bateau. *Il n'y a pas plus de Saint-Esprit que de beurre en branches*, et Charles-André n'est pas mon vrai père. J'en ai un autre, secret, mystérieux, qui ne veut se montrer que sur ma figure. Elizabeth du cours de danse n'en démord pas :

– Tu t'es regardée dans un miroir, Maya ? Si ta mère est blanche, ton père est forcément noir.

Une image me revient parfois, floue, je ne peux la rattacher à aucun souvenir particulier... Un grand homme noir dans un jardin qui me fait peur... Et puis l'image s'efface comme les rêves au petit matin.

Rose ne veut rien me dire sur ma naissance. Rose refuse de me parler de sa famille, son père, sa mère, sont-ils morts ou vivants... Rose me rend folle avec ses secrets.

– Le passé, c'est le passé. Ne m'ennuie plus avec ça.

Mais moi, je ne suis pas le passé, je suis le présent ! Avec cette couleur de peau qu'on me demande sans cesse de justifier alors que je ne sais même pas qui me l'a donnée !

La nuit me fait mal. Je n'arrive pas à dormir. Mon cerveau tricote, cherche à percer les secrets. C'est qui mon père ? Mon père, c'est qui ? Quelle tête a ma grand-mère ? Demain, j'obligerai Rose à me cracher le morceau... Et puis demain arrive et rien ne bouge :

– Dis-moi qui est mon père, maman.

– Charles-André.

– Non mais, tu m'as regardée ?

– Tu me fatigues, Maya.

– J'ai le droit de savoir !

– Arrête de crier, tu vas réveiller ta sœur. Vous allez tous me rendre folle !

La nuit, le temps s'étire à l'infini. Je pense, je lis, de la poésie surtout. J'adore la poésie, c'est comme une chanson, les mots sont libres, jolis, ils dansent, ils respirent, on n'est pas obligé de les comprendre, il suffit de se laisser bercer par leur musique. J'adore les poèmes de Charles

Baudelaire, un homme sans bouche à la tête de fou. Dans ses *Fleurs du mal*, il y a ce petit texte qu'il semble avoir écrit pour moi :

Bizarre déité brune comme la nuit
Au parfum mélangé de musc et de havane
Œuvre de quelques obis, le Faust de la savane
Sorcière au flanc d'ébène, enfants des noirs minuits...

Où es-tu, Faust de la savane ? Où te caches-tu ? Sais-tu que j'existe ? Quand ça fait trop mal de ne pas savoir, je ferme les yeux et je me vois danser, je fais la toupie, le serpent, devant des milliers de gens qui m'applaudissent.

9

– Viens me voir après la classe, j'ai à te parler, me souffle Ludovic en passant, alors que je transpire à la barre.

Je perds aussitôt ma concentration et me trompe dans l'exercice. Monsieur Ludo veut me parler ! Qu'est-ce que j'ai encore fait ou pas fait correctement ?

Je me rhabille, le ventre noué. Ludovic éclate de rire devant mes yeux anxieux :

– Tout va bien, Maya. Je veux juste que tu me suives chez moi. J'ai quelque chose à te montrer.

Ludovic habite un grand deux pièces au-dessus de son studio de danse. Ça sent l'encens des églises chez lui. Peu de meubles, des plantes exotiques, des coussins colorés jetés au sol, un grand miroir doré, des dizaines de photos sur les murs représentant mon professeur en pleine gloire. Ludovic dans les airs en pourpoint de velours noir et collant blanc... Ludovic portant sa partenaire à bout de bras, le sourire aux lèvres... Ludovic en peignoir dans sa loge, le visage ruisselant sous son maquillage de scène...

Un chat siamois vient se frotter contre nos jambes. Ludovic lui tapote les flancs et l'envoie bouler sur un coussin :

– Ce Nijinski, quel loukoum ! Il passe ses journées à ronfler. Je me demande comment il fait pour ne pas engraisser.

Une photo me fascine : Ludovic devant un rideau de velours rouge, une main sur le cœur.

– C'était à l'Opéra, le soir où j'ai été nommé danseur étoile, fait-il derrière moi d'une voix nostalgique.

– Pourquoi avoir quitté l'Opéra, Monsieur Ludo, vous dansez encore bien !

Ludovic a un haussement d'épaules désabusé :

– La danse classique n'aime pas les vieux, c'est comme ça. Viens avec moi...

Nous allons dans une petite pièce sombre qui doit être sa chambre. Tout est violet, du couvre-lit au plafond. J'entends la voix de Marceline me mettre en garde : « Maya, ne suis jamais un homme dans sa chambre, surtout s'il veut te donner des bonbons ! »

Ludovic fait la guerre aux sucreries et ce n'est pas un homme comme les autres. Elizabeth dit qu'il est « homosexuel », un homme qui aime les hommes, quoi. Je n'ai pas d'avis sur la question. Ludovic est mon professeur, ça me suffit.

– Assieds-toi par terre, déchausse-toi, puis tu glisseras tes pieds sous cette commode.

Il est fou ! Comment je vais glisser mes pieds sous cette commode alors qu'on ne peut pas y passer la main !

– Tes pieds sont trop plats, Maya. Il faut les « casser » pour acquérir cette belle cambrure qui fait le cou-de-pied d'une danseuse. C'est douloureux, mais efficace si tu t'astreins à cet exercice tous les jours. Tu as bien une commode ou une armoire chez toi ?

Oui, un canapé et une télévision aussi... Trêve de plaisanterie. Je n'arrive à coincer mes pieds sous la commode que si je plie beaucoup les genoux. Ça n'a pas l'air de plaire à Ludovic :

– Tends les genoux, enfin ! Sinon ça ne sert à rien.

Seigneur Dieu Marie Joseph ! comme dirait Marceline en colère. C'est une vraie torture chinoise, comme si on te cisaillait les pieds à partir de la cheville. Ludovic éclate de rire devant mes grimaces. Il s'installe à mes côtés pour me soutenir, jambes ouvertes en grand écart facial comme si c'était la position naturelle d'un être humain :

– Je vais te faire danser un solo pour le gala de fin d'année. Un mélange de classique et de contemporain. Il va falloir travailler dur.

Je ne peux lui montrer ma joie, mon ébauche de sourire se déforme aussitôt en rictus de souffrance.

– Si tu ne te laisses pas déborder par tes nerfs et par ton sale caractère, tu peux devenir une grande danseuse, Maya. C'est ce que tu veux faire plus tard ?

Alors là, gaffe ! Répondre à Ludovic, oui, mille fois oui, c'est ce que je veux faire plus tard, danseuse, et que tout le monde me regarde comme si j'étais la reine de Saba, c'est prendre un très gros risque ! Autant se montrer humble :

– J'aimerais bien, si c'est possible...

Ludovic tombe dans le panneau :

– Tout est possible pour qui le décide ! La danse est un art magnifique, mais aussi un métier ingrat. Il dure peu de temps, ne rapporte pas, et nous devons tout lui sacrifier. Mais il offre aussi des expériences uniques, des voyages, des émotions incomparables qui valent tous ces efforts. L'âme et le corps marchent ensemble chez le danseur. C'est ce qui fait notre force, et notre grande fragilité...

Ludovic reste pensif. La douleur se renforce dans le silence, je n'entends plus qu'elle. Tant pis, je ne suis pas courageuse, je ne serai jamais une danseuse, j'enlève mes pieds de cette fichue commode avant d'être handicapée à vie !

Ludovic me toise d'un regard ironique :

– Je suppose que c'est fini pour aujourd'hui ?

Je secoue la tête, pas fière, mais déterminée à ne plus lui servir de martyr.

– Marche dans la pièce pour dérouiller tes chevilles. Tu feras des petits sauts après, pour réactiver la circulation sanguine.

J'ai les pieds raides, engourdis. Je clopine longtemps avant de pouvoir marcher. Je commence à sauter, Ludovic à râler :

– Tes pointes, Maya. Tends tes pointes, bon sang !

*

Une étrangère me dévisage dans le miroir de la loge. Avec sa tunique rouge et ses faux cils, on dirait la reine de Saba. Si seulement Rose pouvait la voir ! Hélas, Rose ne viendra pas au gala ce soir, elle a peur de mourir étouffée dans la foule des spectateurs. Charles-André a des choses autrement plus sérieuses à faire qu'assister à un spectacle de ballet. Nicolas, Baptiste et Benny sont trop petits pour se coucher tard. Marceline fait sa catéchèse. Alice et Camille sont en Aveyron, et je les vois de moins en moins maintenant que je pars en colonie tous les mois de juillet et au bord de la mer au mois d'août, Charles-André est un vrai poisson. Elizabeth aura sa famille dans la salle pour l'admirer, ses parents, son oncle, sa tante, ses cousins, ses grands-parents. J'aimerais avoir la même chose, des grands-parents pour me gâter et m'admirer, et puis je me dis que ma famille, ce sera la salle entière, ce qui fait beaucoup plus de monde que celle d'Elizabeth !

– Maya, c'est à toi, fait la voix de Ludovic, survoltée, à travers la porte de la loge.

Mon cœur me fait mal. J'ai encore envie de faire pipi. Je ne me rappelle plus par où faire mon entrée, la cour ou le jardin ? J'ai du béton dans les guiboles, du coton à la place du cerveau. Ils vont voir que je suis une erreur... J'aurais dû rester planquée dans ma loge. Ludovic m'attend dans les coulisses, tendu lui aussi. Il me masse les trapèzes :

– Toi, tu as le trac. Inspire bien par le nez... Souffle par le ventre maintenant... Encore... Vas-y maintenant, merde !

Il me pousse dans la lumière aveuglante. Je n'entends pas la musique, je ne vois pas le public, je ne sais plus par quel pas commencer... Vous avez le bonjour de l'erreur ! Soudain, j'entends une voix intérieure me souffler : « Fais la toupie, fais le serpent, libre comme le vent ! »

C'est Bouba ! Il est revenu ! Il est avec moi. Il fait éclater la musique, calme les tremblements de mon corps, apaise mon souffle affolé. Maintenant que je ne suis plus seule, je peux danser !

Je finis mon solo pile sur la musique. La scène plonge dans le noir. Mon cœur bat à cent à l'heure et tout mon corps ruisselle sous mon costume. Les projecteurs se rallument, je découvre le public, ce monstre invisible qui me faisait si peur. J'entends la musique envoûtante de ses bravos. Magique tous ces gens qui m'applaudissent. J'ai envie de rire, de pleurer. Je me sens nue, fragile comme un petit bébé qui vient de naître.

– Le salut, Maya ! me souffle Ludovic des coulisses.

Ah oui, le salut. J'allais l'oublier celui-là... Une main sur le cœur, comme Ludovic sur la photo... Les bravos crépitent comme des feux de joie. C'est grisant, bouleversant, magnifique tout cet amour subitement. Ça te transporte au-delà de tout. Tu n'es plus séparée des autres, tu fais corps avec eux. Tous ensemble comme une seule et même personne. J'imagine Rose avec nous :

– C'est ma fille, c'est ma Minouchette, vous avez vu !

J'ai très froid quand le rideau retombe. Je ne sais plus où je suis. Je rejoins les coulisses dans un état second. Je vois le sourire de Ludovic. Ses yeux brillent comme s'il avait pleuré. Un bouquet de roses rouges me caresse la figure. J'entends vaguement mon professeur me féliciter :

– Bravo, mademoiselle. Vous avez très bien dansé !

10

Je n'ai pas le temps de savourer mon succès. Le lendemain du gala, je rentre du collège et trouve une ambulance stationnée devant mon immeuble, gyrophare allumé. Il y a du monde aux fenêtres. Le visage de Rose s'impose à mon esprit, avec la fulgurance d'un flash. Je vole jusqu'au deuxième étage, bouscule deux infirmiers qui sortent de chez moi avec un brancard. Rose est allongée dessus, pâle comme une morte. Je m'écrie dans ma tête : « Maman ! » Rose entrouvre les paupières, elle m'a entendue. Elle passe une langue blanche sur des lèvres sans couleur. Je crois que Rose va me parler, mais non, ses forces semblent l'abandonner, elle referme les yeux sans me dire un mot. Charles-André m'écarte doucement du brancard :

– Maya, ta maman est très malade, je l'accompagne à l'hôpital. Sois grande et raisonnable, rentre à la maison et occupe-toi de tes frères et sœur. J'ai prévenu Marceline, elle va arriver d'un instant à l'autre.

Baptiste ronge un boudoir, caché sous la table de la cuisine. Nicolas joue stoïquement avec ses petites voitures. Benny dort dans son petit lit. Je cours à la fenêtre regarder partir l'ambulance dans un concert de *pin-pon*. Ma gorge se serre d'angoisse. Sans Rose, ma vie ici n'a plus aucun sens. Je me réfugie dans ma chambre, appelle toutes mes béquilles au secours, Bouba, les anges, le petit Jésus de Marceline, la reine de Saba de Camille. Mon regard accroche la statuette de la Vierge Marie, sur ma table de chevet. Marceline me l'a offerte à mon anniversaire alors que je rêvais d'une chaîne hi-fi. J'ai bien songé la faire disparaître dans un placard, mais je me suis dit que Marceline serait très vexée.

Je me plante devant Vierge Marie, menaçante :

– Vierge Marie, je t'avertis, si ma mère meurt, je... je te...

Vierge Marie attend patiemment la suite, mais son gentil sourire décourage toute ma fureur. J'éclate en sanglots, lui explique en suffoquant :

– Qu'est-ce que je vais faire toute seule ici, avec Charles André, tu peux me le dire ? Je ne peux pas vivre sans Rose, je suis sa fille à elle ! Vierge Marie, s'il te plaît, fais quelque chose... Si Rose meurt, je serai tellement triste que je ne pourrai plus jamais danser !

Cette pensée égoïste me fait redoubler de larmes. Vierge Marie n'est pas choquée, elle me sourit toujours, l'air de dire, « je te comprends, Maya, ne t'inquiète pas, je suis là ». J'entends des piaillements. Nicolas et Baptiste doivent se disputer un jouet... J'essuie rapidement mes larmes de petite fille pour endosser mon costume de grande sœur.

*

– Votre maman souffre d'une péritonite fulgurante. On va lui ouvrir le ventre, bien le nettoyer, puis tout rentrera dans l'ordre, nous rassure Marceline.

Trois jours plus tard, autre son de cloche. Charles-André me convoque dans la chambre parentale. Il a le teint gris et les mandibules serrées :

– Maya, tu es l'aînée, tu peux entendre la vérité sur l'état de santé de ta maman. L'opération s'est bien déroulée, mais il y a eu des complications. Rose fait une grave infection. Les médecins ont trouvé dans son sang un virus très agressif qui résiste à tous les traitements. Ils font tout ce qu'ils peuvent pour sauver ta maman. Ils vont encore essayer un autre antibiotique pour faire baisser sa fièvre, mais... la nuit qui va passer sera déterminante.

Charles-André me tapote l'épaule :

– Il faut être courageuse, ma grande.

Charles-André m'appelle « ma grande », il ose un geste affectueux, l'heure est grave ! Je file dans ma chambre avant les chutes du Niagara. Quand on est une « grande », on ne pleure pas !

*

Je casse les oreilles de Vierge Marie toute la sainte nuit. Je lui fais du chantage, je l'inonde de promesses :

– Vierge Marie, si tu sauves ma mère, je te jure d'avaler trois assiettes de soupe au cresson d'affilée tous les soirs, et sans haut-le-cœur. Vierge Marie, si le nouveau traitement marche, je te promets de ne plus jamais rater mes doubles pirouettes, je fixerai le point sur le mur sans jamais le lâcher. Vierge Marie, si Rose ne meurt pas, j'arrêterai de me caresser entre les cuisses avant de m'endormir, je ne filerai plus de baffes à Nicolas, je ne ferai plus semblant d'éternuer dans ma flûte au cours de musique rien que pour agacer la prof, je serai une fille, une élève, une grande sœur modèle ! Plus personne n'aura à se plaindre de moi. Vierge Marie, tu sauves ma mère cette nuit et je suis ta copine pour la vie !

Vierge Marie a un petit sourire sceptique, mais je suis décidée.

Le lendemain matin, petit déjeuner familial dans la cuisine. Le téléphone sonne. Charles-André court décrocher. Marceline joint les mains et baisse la tête. Baptiste et Nicolas la regardent faire, intrigués. Dans sa chaise haute,

Benny se demande pourquoi je lui mets de la bouillie dans les trous de nez et pas dans la bouche.

Charles-André revient, le visage fermé. Mon cœur s'arrête de battre. Il nous annonce d'une voix chavirée :

– C'était l'hôpital... Mes enfants, votre maman est tirée d'affaire ! Sa fièvre est tombée cette nuit.

Marceline lève des yeux miséricordieux vers le plafond et fait son signe de croix. Je m'éclipse dans ma chambre, rassurée mais perplexe. Vierge Marie et moi avons des comptes à régler...

« As-tu Vraiment sauvé Rose ? M'as-tu Vraiment entendue ? Existes-tu Vraiment ? Dois-je Vraiment tenir les promesses que je t'ai faites, sous le coup de l'émotion, je te le rappelle ? »

Le sourire de Vierge Marie se fait moqueur. « Chose promise, chose due », semble-t-il me dire. Je me sens piégée. Maintenant que j'y pense à cœur reposé, j'adore me caresser entre les cuisses avant de m'endormir, je ne pourrai jamais blairer la soupe au cresson, Nicolas peut se montrer très crispant, et rien ne m'agace plus que le son de la flûte à bec !

Je tourne Vierge Marie contre le mur, pour qu'elle n'entende pas mes vilaines pensées.

Et si elle n'y était pour rien ? Si c'étaient les médecins qui avaient sauvé Rose en lui administrant le bon médicament ?

Vierge Marie atterrit au sommet de l'armoire où je peux l'oublier, elle et toutes mes belles promesses !

*

Marceline et Charles-André sont en grande conversation dans la cuisine, ce qui ne leur ressemble guère. J'affûte mes oreilles d'éléphant.

– Le neurologue est formel, d'après les résultats de sa ponction lombaire, Rose souffre de sclérose en plaques, une maladie dégénérative incurable.

– Mon Dieu, quel malheur ! Comme si sa péritonite ne suffisait pas. Pauvre Rose, elle n'aura pas eu la vie facile… Que va-t-on dire aux enfants ?

Je ne veux plus rien entendre. Direction ma chambre, le cœur plus lourd qu'un rocher. Rose n'est toujours pas tirée d'affaire. J'arrache Vierge Marie de son purgatoire, sur l'armoire, pour la replacer sur ma table de nuit. Pas rancunière, elle a toujours ce petit sourire aux lèvres qui sait si bien me rassurer. Je vais dans la bibliothèque chercher un de ces livres bleus qui nous arrivent par la poste chaque trimestre, *La Pêche en mer et en rivière… Cuisine du terroir… Les Jeux de société… Nos amis les animaux… Le Guide médical familial* !

Dans l'index, *Sclérose en plaques* se trouve entre *Sclérodermie* et *Scoliose*, page 280. Mon cœur se serre.

Sclérose en plaques : *Maladie caractérisée par la dégénérescence en plaques de la myéline, tissu graisseux constituant de la substance blanche du cerveau et de la périphérie des gaines nerveuses. Dans l'état actuel des progrès de la médecine, la cause est à ce jour inconnue. Symptômes : la maladie évolue lentement, inexorablement, par poussées successives avec parfois des périodes prolongées d'amélioration ou de stabilisation des troubles. Les premiers symptômes ne se manifestent pas constamment de la même façon. Il peut s'agir d'engourdissement, de picotements, de paralysies localisées, de tremblements, d'incoordination des mouvements, d'anomalies visuelles ou urinaires, de troubles du comportement. La sclérose en plaques est incurable. Le traitement ne se porte que sur les symptômes. On fait appel à la cortisone, aux décontractants musculaires, aux soins infirmiers. Le pronostic lointain de la maladie est sombre, le malade étant privé à plus ou moins long terme de son autonomie.*

Le mot « mort » n'est mentionné nulle part, la maladie est en plaques, donc elle n'est pas partout, donc Rose va s'en tirer ! Je regagne ma chambre le moral regonflé et m'endors sous la protection céleste de Vierge Marie.

*

Je me réveille en pleine nuit, une moiteur poisseuse entre les cuisses. J'allume la lumière, soulève ma couverture, je vois du sang partout ! Sur les draps, dans mon pyjama. Vierge Marie contemple le carnage, un sourire niais totalement déplacé sur les lèvres.

C'est très grave. J'ai la maladie incurable moi aussi. Paniquée, je me mets à hurler :

– Marceliiine ! ! !

Marceline accourt en chemise de nuit. Elle clignote des yeux comme une chouette en plein jour :

– Qu'est-ce qui se passe ? Cesse de crier, tu vas réveiller toute la maison !

– Regarde...

– Je ne vois rien sans mes lunettes... Attends, je vais les chercher...

Marceline revient avec ses lunettes. Je lui montre le sang, elle soupire en regardant le plafond :

– Il nous manquait plus que ça !

J'apprends que je suis au premier jour de mes « histoires », « un mauvais moment à passer pour toutes celles qui ont le malheur de naître de sexe féminin et qui revient tous les mois ». Marceline me donne une couche de Benny. Je me demande à haute voix comment je vais lever la jambe avec ce truc dans ma culotte.

– Ces jours-là, on ne danse pas, on se tient tranquille, me rembarre Marceline qui retourne se coucher.

*

Sur son lit d'hôpital, Rose se sent volée. Elle aussi veut me transmettre son expérience de la féminité :

– Il faut faire tremper sa culotte à l'eau froide, la frotter longtemps avec du savon de Marseille pour faire partir le sang. Les tampons sont beaucoup plus pratiques que les serviettes, surtout quand on est une sportive.

Rose va mieux. Sa cicatrice évolue bien, ses globules rouges ont remonté, son appétit revient. Les médecins parlent d'une libération à la fin de la semaine.

Rose veut que je l'emmène marcher dehors, elle ne supporte plus l'air vicié de l'hôpital. Nous sortons dans le parc. Accrochée à mon bras, tout étourdie par l'oxygène, Rose découvre avec stupeur que sa fille est bientôt plus grande qu'elle. Elle marche comme les vieillards, très doucement, à petits pas fragiles et vacillants. Nous nous arrêtons sur le premier banc. Rose s'écroule dessus, l'air victorieux de qui vient d'accomplir un exploit. Nous contemplons la façade grise de l'hôpital lorsque Rose murmure sombrement :

– Si tu savais, Minouchette, toutes ces horreurs, tous ces drames qui se jouent derrière ces fenêtres !

Rose sait pour sa sclérose en plaques. Elle savait depuis toujours qu'elle serait gravement malade, bien avant les médecins.

– C'est mon destin. Je vais mourir jeune. Il faut que tu t'y prépares, et je ne veux pas que tu pleures ! Tout ce que j'ai raté, tu vas le réussir. Allez, fais-moi marcher, sinon je ne rentrerai jamais à la maison.

Nous reprenons notre promenade d'escargot. Je supplie les anges dans mon cœur. J'ai treize ans et je ne veux pas que ma mère meure ! Rose me lacère le bras avec ses ongles pour conserver l'équilibre. Si je ne la tenais pas, elle s'écroulerait à mes pieds comme une poupée de chiffon.

– Maintenant que tu es jeune fille, il va falloir faire attention aux garçons, un pépin est vite arrivé ! Ne suis pas mon exemple surtout. Je t'ai eue beaucoup trop tôt.

La tentation est grande de lui demander avec qui, mais j'entends déjà Rose me répondre : « Ne recommence pas avec ça, Maya, ce n'est pas l'endroit. » Nous refaisons une autre halte sur un autre banc. J'ai froid et je m'ennuie. Rose a les yeux dans le vague.

– Tu penses à quoi, maman ?

– Aux « Libellules », l'orphelinat où j'ai vécu une partie de mon enfance.

– Je ne savais pas que tu avais été dans un orphelinat. Pourquoi ? Tu n'avais plus de parents ?

– Il y avait un parc magnifique là-bas, avec des pins parasols, des magnolias, des pivoines, des rhododendrons centenaires... Je me voyais courir dans le pré aux jonquilles à la barbe de cette vieille bique de Mademoiselle Gabrielle, ma monitrice.

Tant de secrets se cachent derrière ce front têtu. Je voudrais ouvrir la tête de ma mère comme une boîte de conserve et la vider de son contenu.

– C'est aux Libellules que j'ai appris à aimer les arbres. Ils m'ont sauvé la vie plusieurs fois, comme ces marronniers dans cette cour. Tous les matins, à mon réveil, je les regarde de la fenêtre, ils me transmettent leur force, m'incitent à me tenir droite et à ne pas me laisser aller. Les arbres sont nos gardiens, on leur fait du mal et c'est nous aussi que nous blessons. Un jour, quand tu seras triste ou fatiguée, tu te colleras au tronc d'un vieil arbre, un chêne si tu peux, et tu verras comme tu te sentiras mieux.

Rose est tellement sage, tellement douce parfois. Comment vivre sans elle ?

– Tes anges, ils disent que tu vas guérir bientôt ?

– Une maladie incurable ne se guérit pas. Mes anges me disent : « Rien ne vous est envoyé que vous ne puissiez supporter. »

– Ça veut dire quoi, maman ?

– Ça veut dire qu'ils pensent ta mère assez fortiche pour vivre ce qu'elle a à vivre.

11

Rose est rentrée de l'hôpital, notre vie familiale a repris son cours normal, je me sens terriblement mal dans ma peau. Ce doit être le contrecoup. Je voudrais être comme mes frères et sœurs. C'est terrible d'être différent dans sa propre famille, les autres vous regardent comme si vous étiez une vilaine tache, comme si vous n'aviez rien à faire là. Et puis Ludovic me bat froid depuis plusieurs cours, et je me suis brouillée avec Elizabeth, et le proviseur du collège me menace du conseil de discipline à cause de mon insolence, et j'ai pris deux kilos sur la balance ! Rose dit que c'est l'adolescence, moi je dis que c'est la goutte en trop, celle qui fait déborder le vase.

Je vais fouiller dans la table de nuit maternelle, bourre mes poches des petites pilules bleues sans lesquelles Rose ne peut trouver le sommeil. J'en avale dix d'affilée avec l'eau du robinet, puis je me regarde droit dans les yeux dans le miroir de la salle de bains : « Dans quelques heures, tu quitteras cette terre où tu ne te sens pas à ta place et tu iras retrouver les anges. » Je vais dans ma chambre attendre la mort, sagement étendue sur mon lit. Je suis bien, relax comme jamais, et puis ça ne va plus, du tout, je me sens partir, je deviens molle, les murs gondolent sous mes yeux, les sons me parviennent étouffés, je ne sens plus mes jambes, je n'ai pas la force de crier au secours, au secours, je ne veux pas mourir ! Au secours, je veux vivre ! Les petites pilules bleues, c'était juste pour souffler un peu, dire que je suis fatiguée d'avoir toujours à lutter... Si je meurs, je ne pourrai plus jamais danser !

Je me traîne jusqu'au salon par on ne sait quel miracle. Rose et Charles-André regardent tranquillement la télévision. Je leur baragouine :

– Je... Suicidée avec le Valium de maman...

Je vois le visage de Rose se défaire, puis je sombre dans un puits noir.

*

A l'hôpital, ils me font un lavage d'estomac, une autre torture chinoise. Rose ne me plaint pas, elle est furieuse :

– Je me bats pour vivre et toi tu t'amuses avec ta bonne santé !

Les médecins me relâchent au bout de quelques jours, mais je dois consulter un psychologue. Charles-André a honte de sa fille folle. On m'emmène chez une grande femme blonde qui porte un nom de bonbon : Madame Chémama, pédopsychiatre. Elle me demande comment je m'appelle, c'est Rose qui répond à ma place :

– Maya de la Gunardière.

– C'est à votre fille que je m'adresse, pas à vous, la reprend Madame Chémama d'une voix douce mais ferme. Pourriez-vous nous laisser seules un petit moment ?

Rose fait ses yeux de tigresse. Elle va retrouver Charles-André dans la salle d'attente, à contrecœur.

– Tout ce que tu me diras ne sortira pas d'ici, Maya, je t'en fais le serment, me dit Madame Chémama comme si j'étais sa meilleure copine. De quoi veux-tu que nous parlions ?

Je n'en ai pas la moindre idée.

– Veux-tu que nous abordions le sujet de ta famille ? Ta mère, ton père, tes frères et sœurs, tes grands-parents...

– Quels grands-parents ?

– Tu n'as pas de grands-parents ?

– Non. Ma mère a été élevée dans un orphelinat, elle a dû être abandonnée.

– Tu le crois ou tu le sais ?

– Je ne sais rien ! C'est ce que j'imagine. Personne ne parle dans cette maison, maman devient dingue dès que j'essaie de lui poser une question sur sa famille.

– Et qu'est-ce que cela te fait, à toi, que ta mère ne veuille rien te dire sur sa famille ?

– Ça m'énerve, ça me fait mal, ça me rend folle comme elle.

Madame Chémama me fait faire une batterie de tests, puis elle me donne une grande feuille blanche pour que je dessine un couple parental selon mon imagination.

Mon dessin laisse Madame Chémama songeuse. J'ai troussé une grande et plantureuse Alsacienne en costume régional, avec la coiffe à grandes oreilles comme sur les paquets de madeleines. Elle donne la main à une minuscule Japonaise en kimono, le chignon laqué piqué d'aiguilles.

– C'est un couple de femmes que tu m'as dessiné, je t'avais dit un couple de parents. Sont-elles des amies ?

– Des amies, ou des sœurs...

– Des sœurs qui ne viendraient pas du même pays ?

– Hum...

– Merci, Maya. Je vais m'entretenir avec tes parents maintenant. J'aimerais te voir régulièrement, une fois par semaine ce serait bien. Qu'en penses-tu ?

Je fais oui de la tête, en me demandant ce que je vais bien pouvoir dire à Madame Chémama chaque semaine pour la distraire ! Elle me raccompagne dans la salle d'attente. Charles-André est droit comme un i sur sa chaise. Rose se ronge les ongles d'anxiété.

– Voulez-vous bien me suivre ?

*

Rose attend d'être en voiture pour laisser éclater sa fureur :

– Pour qui se prend cette bonne femme avec ses leçons, je connais ma fille mieux qu'elle quand même !

Charles-André garde un silence prudent. Je sais déjà que je ne reverrai plus Madame Chémama. De retour à la maison, les petits sont expédiés dans leurs chambres. Rose et Charles-André se bouclent dans le salon comme pour un conseil de guerre, puis ils m'appellent :

– Maya !

Charles-André se bourre une pipe dans son fauteuil, très chef de famille. Rose est recroquevillée dans le canapé. J'ai un vieux Kleenex en boule dans la main que je patouille nerveusement en attente du choc à venir. Charles-André se racle la gorge, un autre mauvais signe :

– Bien ! Maya, ta psychologue te trouve d'une grande maturité pour une enfant de ton âge. Ton quotient intellectuel serait plus élevé que la moyenne à ce qu'il paraît, tu n'as donc aucune raison de ne pas réussir à l'école, ce n'est qu'affaire de volonté. La psychologue prétend aussi que ton comportement difficile reflète ton anxiété, et celle de ta maman, face au mystère de ta naissance et...

Rose a un soupir excédé. Charles-André reprend :

– Nous allons donc t'en délivrer. Légalement, je suis ton père, je t'ai reconnue sous mon nom et j'ai pris la responsabilité de ton éducation. Maintenant, biologiquement, je ne le suis pas. Ton père géniteur a disparu quelques mois avant ta naissance.

Rose éclate en sanglots à ce souvenir. Charles-André n'ose plus poursuivre. Mon Kleenex est en charpie dans ma main. Je savais que je n'étais pas la vraie fille de Charles-André, mais c'est une chose de le savoir et une autre d'en avoir confirmation. Cette vérité que je réclamais à cor et à cri, je ne la supposais pas si violente. Me voilà une intruse dans ma propre maison. J'ai honte d'exister. Je cours me cacher derrière le canapé, pour effacer cette vilaine erreur qui gâche le paysage familial.

– Ton père est un Noir, un Africain, poursuit Charles-André comme si j'étais encore devant lui.

Puis il perd patience :

– Enfin, Maya, sors de ce canapé, ta réaction est ridicule ! Tu restes ma grande fille, au même titre que tes frères et sœur.

– Je te l'avais dit qu'elle le prendrait mal, on n'aurait jamais dû écouter cette sale bonne femme, hoquette Rose dans son mouchoir.

*

Rose et moi nous évitons pendant plusieurs jours. Je lui en veux de m'avoir caché la vérité, elle m'en veut de la tirer vers un passé qu'elle souhaiterait oublier. Et puis, un soir, Rose se glisse dans mon lit comme lorsque j'étais petite :

– Tu m'acceptes ?

Elle se blottit contre moi :

– Je veux bien te parler de lui, mais je t'avertis, Maya, tu n'auras son nom de famille qu'à ta majorité, par égard pour Charles-André !

Elle cherche l'inspiration au plafond :

– J'ai rencontré ton vrai père à Paris, en 1963. Je sortais des Libellules. Suleyman, ton père, étudiait les sciences politiques à la Sorbonne. J'avais une amie, Giselle, avec qui je sortais beaucoup. On allait danser tous les samedis soir au « Tabou », une boîte de nuit à Saint-Germain-des-Prés. C'est là que j'ai rencontré ton père la première fois, sur la piste de danse. Je ne distinguais pas son visage dans la lumière phosphorescente, mais je voyais le merveilleux danseur qu'il était. Son corps épousait chaque note musicale. Les projecteurs ont changé de couleur, j'ai vu que c'était un Africain très élégant dans son costume blanc. Je ne sais plus comment ça s'est fait, mais plus tard dans la soirée, Suleyman m'a invitée à danser un slow sur *Only you*, ce tube des Platters que je te chantais petite, tu t'en souviens ?

Je réponds par un clignement des paupières, trop captivée pour parler.

– Je n'arrivais pas à me détacher des bras de ton père. Nous avons dansé un autre slow, puis un autre... J'ai fini par le suivre à sa table, je ne sais plus du tout ce que j'ai fait de Gisèle ! Nous avons discuté une bonne partie de la nuit. Ton père avait un sacré bagout pour un jeune homme de vingt-deux ans. C'était un intellectuel, mais aussi un beau garçon. Il avait des traits fins, des yeux en amande, des cils recourbés comme les tiens. Dès ce premier soir, j'ai su qu'il était le fils d'un roi. Voilà pourquoi tu es une princesse, Maya, une authentique princesse africaine issue d'une lignée royale vieille du XIIe siècle.

Rose attend ma réaction après cette révélation. Cela ne me fait pas grand-chose. Une princesse marron sans palais et sans couronne, ça ressemble à quoi ?

– Après cette première rencontre, ton père et moi avons commencé à nous fréquenter. Marceline nous a surpris, elle a fait une crise en voyant sa sœur avec un Noir ! Elle m'a interdit de revoir Suleyman, et, bien sûr, je ne l'ai pas écoutée. J'ai continué à voir ton père en cachette. Ce n'était pas évident dans les années 60 d'aimer quelqu'un d'un autre pays. Les gens étaient choqués de voir un Noir et une Blanche se tenir par la main, les têtes se tournaient sur notre couple, on m'a craché au visage plusieurs fois, j'ai été traitée de « viande à Nègre » et j'en passe... Vraiment, il fallait être courageux. En même temps, j'aimais bien provoquer... Chacune de nos promenades pouvait tourner au vinaigre. D'un côté comme de l'autre, nous étions rejetés, Suleyman chez les Blancs et moi chez les Noirs. Nous étions jeunes, dix-neuf ans pour moi et vingt-deux pour ton père, on ne comprenait pas toute cette haine. J'ai dû insister pour que Suleyman ose m'emmener dans une fête africaine organisée par l'un de ses amis étudiants. J'étais la seule Blanche de l'assistance, mais je peux te dire que je roulais les hanches au son du tam-tam aussi bien que les Africaines ! Ton père était fier de moi. Quand nous avons été fatigués de danser, Suleyman a rempli deux assiettes de poulet *wassa* et d'ananas frais, et nous sommes allés dans une petite chambre manger au calme. Je ne me méfiais pas. J'étais bien, heureuse de passer un bon moment avec ton père, parmi les siens. Je me souviens que j'avais chaud, ma robe était trempée de sueur tant je m'étais déchaînée. Ton père m'a suggéré de l'enlever pour la faire sécher sur le radiateur, j'ai refusé bien sûr. Nous étions sages à l'époque. Pas question de se montrer en combinaison devant un garçon. Quand on était amoureux, on se contentait de se tenir par la main et de se bécoter, pas plus, le reste, c'était pour après le mariage. Mais ton père n'a pas voulu attendre. Il s'est levé, il a fermé la chambre à double tour, je ne comprenais pas pourquoi au début... Quand j'ai compris, c'était trop tard. Je me suis débattue, mais ton père était beaucoup plus fort que moi. Lui non plus n'a rien compris, je crois. « Vous les femmes blanches, il faudrait savoir ce que vous voulez, quand vous suivez un homme dans une chambre, vous devez savoir à quoi vous attendre », qu'il m'a dit quatre semaines plus tard, quand je lui ai appris que j'étais enceinte. Suleyman a pris la fuite, je suis restée seule avec toi. J'avais dix-neuf ans, je n'étais pas mariée, j'attendais un enfant à moitié noir, je cumulais les fautes ! J'ai caché ma grossesse à tout le monde pendant sept mois, y compris à ta marraine, je n'étais pas très grosse, et je mettais une gaine pour aplatir mon ventre. Tu étais mon secret. Ces neuf mois ont été très difficiles. J'étais angoissée, partagée. Un jour je te voulais, un autre je voulais me débarrasser de toi. Je n'ai avoué la vérité à

Marceline qu'au bout de sept mois de grossesse. Je n'avais pas vingt et un ans, l'âge de la majorité, elle était ma tutrice légale... J'ai eu droit à un beau scandale, accompagné de plusieurs paires de claques, et puis Marceline s'est calmée et elle m'a bien aidée. Nous avons pleuré toutes les deux quand tu es née, avec des yeux chinois et une grosse bouche en cœur. Pendant ma grossesse, je me demandais de quelle couleur tu sortirais, blanche ou noire. Tu avais déjà l'esprit de contradiction quand tu es venue au monde, avec la jaunisse du nouveau-né, tu étais jaune citron ! Ton père est revenu à la surface vers tes cinq ans. Il m'inondait de lettres où il me demandait pardon et te réclamait. Marceline est tombée dessus, elle était furieuse, ton père était son ennemi, il a fallu encore se cacher. Suleyman voulait te connaître, je lui ai donné rendez-vous au jardin où je te promenais, place des Vosges. Tu as très mal réagi ! Tu ne voulais pas que ton père t'approche, je crois qu'il te faisait peur. Suleyman l'a très mal pris, il était vexé ! On s'est revus un peu tous les deux, il m'a fait d'autres promesses qu'il n'a pas tenues... J'ai rencontré Charles-André, et je me suis mariée. Voilà... Il faut que tu me comprennes, Maya, quand je te regarde, c'est Suleyman que je vois, et toute cette histoire, comme si elle continuait de me faire souffrir à travers toi.

12

Mon père n'est plus un secret, c'est Suleyman le magnifique, prince noir merveilleux danseur ! Je le cherche sur ma figure dans tous les miroirs. Ils me renvoient surtout le reflet d'une adolescente ingrate. Ludovic s'en désole à chaque cours de danse :

– Maya, je ne sais pas ce que tu as dans la tête en ce moment, tu es molle, tu ne fiches rien, et fais un peu attention à ce que tu manges, tu as encore grossi ! Une danseuse ne se bâfre pas de chips et de Coca, elle se surveille au gramme près, se maîtrise, se contrôle. Ta jeunesse, tu la vivras après, quand tu seras une danseuse à la retraite !

Charles-André prend le relais :

– Maya, la danse n'est pas un métier, seulement un loisir. Les études d'abord !

Rose renchérit :

– Continue de t'habiller au ras des fesses et je ne donne pas cher de ta peau. Veux-tu qu'il t'arrive des ennuis à toi aussi ? Marceline, pourquoi lui avoir acheté ces cuissardes ? On dirait une pute !

Marceline de riposter :

– C'est ce que je lui ai dit, mais Mademoiselle n'a rien voulu entendre ! Elle se serait roulée par terre dans le magasin pour avoir ce qu'elle voulait. Elle m'a fait une telle honte que j'ai dû lui céder, mais c'est la dernière fois. Et cette lubie de vouloir devenir danseuse... Pourquoi pas stripteaseuse pendant qu'elle y est !

Le rêve comble tous les vides. Mon père inconnu, c'est Bouba et Vierge Marie réunis. Lui seul peut me comprendre, lui seul sait combien je souffre, combien j'en ai ma claque de cette famille de dingues, Charles-André et son obsession des études, Marceline et ses curés, Rose et sa maladie, ses fantômes, ses angoisses, ses vertiges, ses crises de nerfs, ses ponctions lombaires, ses injections de cortisone, ses comprimés de toutes les couleurs pour vaincre la maladie incurable qui ne guérira jamais ! Elle empire, la maladie, elle ronge Rose à petit feu sans qu'on puisse rien y faire, sinon la regarder se débattre contre elle, aussi courageuse qu'impuissante. Rose croit renaître de ses cendres, toute la famille veut y croire avec elle, mais l'ennemie la guette, tapie dans sa moelle épinière, prête à l'abattre d'un coup de patte au moment où personne ne s'y attend. Et c'est à nouveau les larmes, l'hôpital, la séparation, son déchirement, l'inquiétude permanente, puis le retour à la maison chaque fois plus amoindrie. Rose ne lâche plus son miroir, elle surveille la maladie, la défie à coups de fard à joue et d'ombre à paupières, comment retenir cette beauté chaque jour plus menacée ? Rose la traque sur mon visage comme si c'était moi qui la lui volais. Une mère jalouse de sa fille, je n'ose pas l'imaginer, c'est pourtant la vérité.

*

Chaque matin, Rose surveille mon départ pour le lycée de sa fenêtre, inquiète des mauvaises rencontres que je pourrais faire en chemin. Je lui adresse un grand sourire enjôleur pour la rassurer, le temps de disparaître de son champ de vision, Rose quitte sa fenêtre, je reviens sur mes pas et file à la cave me changer. Je troque mon pull en V de fille sage contre une minijupe en cuir et un chemisier transparent de fille délurée, le tout prêté par une copine, je roule mes frusques de bourgeoise dans mon sac à dos, me maquille outrageusement à la lumière glauque d'une ampoule électrique miraculeusement en état de marche, et c'est une autre Maya qui ressort de la cave et court au lycée, par un autre chemin.

Parfois, Rose est avertie par ses anges, elle ne quitte pas vraiment sa fenêtre, elle me prend la main dans le sac, je reçois une paire de claques en attendant la raclée jésuite du soir. Le lendemain, je recommence. Serge m'attend devant les grilles du lycée, à califourchon sur sa Yamaha 350. Serge ressemble à un Indien apache avec sa peau mate, ses cheveux raides et noirs sur les épaules, ses gilets en peau, ses amulettes autour du cou. Je le surnomme « Geronimo ».

Geronimo me fait souvent sécher les cours. On ne franchit jamais les grilles du lycée, on se barre à moto en forêt, on se couche par terre, dans les bogues de marrons. Geronimo me regarde comme s'il voulait me manger. Il m'enfonce sa langue dans la bouche à ne plus pouvoir respirer, me pétrit les seins comme s'ils étaient en pâte à modeler. C'est trop brutal pour m'être agréable, mais je le supplie de continuer.

Geronimo soulève mon tee-shirt, fait glisser mon soutien-gorge qu'il n'arrive jamais à dégrafer, il se pend à mes tétons comme un nourrisson affamé. J'ai une furieuse envie de rire.

Geronimo fait surgir une longue bougie blanche de sa braguette. Je ne ris plus du tout, je ne veux pas qu'il me la fourre entre les cuisses, mais je veux bien la prendre dans ma bouche, la sucer, l'aspirer comme si c'était le meilleur des sucres d'orge. Geronimo respire fort comme s'il allait exploser dans l'atmosphère. Je reçois une giclée chaude au fond de la glotte, un liquide visqueux comme du blanc d'œuf, pouah ! Je le recrache dans un haut-le-cœur.

Geronimo m'essuie la bouche avec des feuilles, l'air penaud. Il me fait rallonger pour me caresser. Je ferme les yeux, j'attends d'éprouver quelque chose de grand, d'inoubliable.

Je laisse les doigts de Geronimo se faufiler dans mon jean, puis dans ma culotte, jouer avec mes poils, jusqu'à ce qu'ils cherchent à s'insinuer dans ma fente-tirelire. Là, je serre les cuisses malgré moi.

– S'il te plaît ! supplie Geronimo.

Je me détends. Ses doigts reprennent leur voyage, frétillent à l'intérieur de moi comme une colonie de petits poissons. Geronimo me montre fièrement sa bougie ressuscitée. Je sens qu'il faut le féliciter. Je le laisse se coucher sur moi. La bougie cherche à se frayer un passage dans l'endroit le plus chaud de ma personne. Elle trouve un tunnel étroit où se faufiler. Ça fait mal et c'est doux. Je ne sais pas pourquoi, mais je me vois conduire la Yamaha à la place de Geronimo, arc-boutée sur le guidon, mes cuisses serrées contre ses flancs chromés, la route et le soleil se reflètent dans les enjoliveurs, je prends le virage très serré, mon corps penche à râper le bitume, les vibrations du moteur me traversent, je décolle de la route dans une gerbe de feu, et reste suspendue en l'air sans pouvoir aller plus loin.

Geronimo appelle sa mère, s'écroule sur moi dans un long râle. Je hurle de douleur sur mon lit de fakir. Mon dos est constellé de piquants de marrons quand je me relève, j'ai des feuilles mortes plein les cheveux. Geronimo les enlève une à une, puis il lèche les petites plaies sur ma peau pour les faire cicatriser. Nous rejoignons la Yamaha qui nous attend sur la route forestière, alanguie sur le flanc comme une femme repue.

*

Je suis de retour en grâce au cours de danse ! Ludovic me félicite pour des progrès dont je n'ai pas conscience. Il me prend pour exemple, « Maya, montre-nous une double pirouette... Maya, fais-nous une arabesque penchée, regardez bien son dos, comme il reste droit... ». Je me demande quelle est la vie de Ludovic en dehors de ses cours de danse... Il est très discret sur sa vie privée, je n'ai pas vu un seul petit copain venir le chercher. Ça me plaît que Ludovic soit différent, lui aussi. Je l'aime comme les fleurs, les anges et les bébés, d'un amour pur et chaste. Je ne supporterais pas de voir Ludovic rouler du piédestal où je l'ai juché.

Il téléphone à la maison pour m'inviter à un spectacle de ballet. C'est la joie ! On ne sort jamais, avec Rose et sa maladie... Rose est d'accord, mais Ludovic doit me ramener lui-même à la maison, pas devant la porte, sur le paillasson ! Charles-André se tâte : est-ce bien raisonnable de laisser une fillette de quinze ans sortir un samedi soir à Paris ? C'est Rose qui l'emporte. Ludovic vient me chercher habillé en Mick Jagger, pantalon en satin ultra-moulant, jabot en dentelle et bottes de mousquetaire. Charles-André me regarde monter dans sa Coccinelle mauve d'un air effaré.

Jamais vu une salle de spectacle aussi gigantesque que le Palais des sports ! Je garde un silence impressionné jusqu'à ce que les lumières baissent. Une voix profonde s'élève de la fosse d'orchestre, entonne un chant de negro spiritual à donner des frissons. La scène s'éclaire sur une longue femme noire drapée de blanc. Elle glisse sur la scène, tourbillonne sur elle-même avant de se projeter en l'air dans un magnifique saut cambré qui arrache au public ses premiers bravos.

– Tu la reconnais ? C'est Cynthia Levinson, me chuchote Ludovic du siège d'à côté.

Pour qui me prend-il ? Bien sûr que je reconnais Cynthia Levinson, l'étoile, le phare de l'A.A. City Ballet, célèbre compagnie de ballet américaine principalement composée de danseurs noirs ! J'ai dévoré tous les livres sur la danse que possède la bibliothèque municipale.

Souple, musicale, la danse de Cynthia fait écho à la voix déchirante qui monte de la fosse d'orchestre. L'étoile termine son solo sous un tonnerre d'applaudissements et s'échappe dans les coulisses. Une vingtaine de danseurs des deux sexes la remplacent. Ils prennent la scène d'assaut, tournent, sautent, virevoltent, ondulent, martèlent le sol de leurs pieds nus avec une énergie tribale qui électrise la salle. Je suis en ébullition sur mon fauteuil, au bord de sauter sur la scène et rejoindre ces fabuleux danseurs qui me ressemblent comme des frères et des sœurs. Pour la première fois de ma vie, je suis fière du sang noir qui coule dans mes veines, fière de ma morphologie d'Africaine que je retrouve en eux, fière qu'une moitié de moi appartienne à ce peuple joyeux et naturellement danseur.

Les ballets se succèdent. Le public bascule de la ferveur à l'excitation, du ravissement à la tristesse de voir le spectacle s'achever. La troupe au grand complet se rassemble pour le salut final. Des Noirs en majorité, mais aussi des Blancs et des Asiatiques. Main dans la main, haletants, ruisselants, magnifiques, ils forment une chaîne humaine des plus cosmopolite. Ludovic et moi jaillissons de nos sièges du même élan pour leur hurler des bravos jusqu'à l'aphonie. Cynthia Levinson quitte la scène pour revenir accompagnée d'un géant noir au sourire étincelant dans son collier de barbe. Il est sobrement vêtu d'un tee-shirt et d'un pantalon gris, un keffieh palestinien enroulé autour du cou pour seule coquetterie. Il va se placer à l'avant-scène, devant les danseurs, les bras grands ouverts comme s'il voulait serrer la salle entière contre son cœur. Le public fait un triomphe au magicien de la soirée, « *A. A., l'immense chorégraphe qui a su donner à la danse noire américaine ses lettres de noblesse* », comme je l'ai lu dans un livre. Je suis au bord des larmes. C'est le prince noir merveilleux danseur qui me fait face, me regarde, me sourit, et c'est à moi qu'il tend les bras.

La troupe se replie dans les coulisses malgré les protestations du public. Les lumières de la salle se rallument, la scène désertée, modestement éclairée par un projecteur de service, n'a plus rien de magique. Ludovic s'étonne de mon silence :

– Alors ?

Je le regarde droit dans les yeux, catégorique :

– Un jour, j'irai à New York et je danserai à l'A.A. Ballet.

Ludovic ne me rit pas au nez :

– Bien ! Il va falloir te défoncer alors. Les danseurs que tu as vus ce soir sont parmi les meilleurs du monde.

Une ouvreuse se dirige vers nous, avec l'air aimable d'un bouledogue. Nous nous hâtons vers la sortie. Dans la rue, je marche au ralenti, groggy comme si j'avais pris un coup sur la tête. Tout me paraît terne, laid, banal après ce que j'ai vu et ressenti.

*

Nous roulons vers l'ouest de Paris. Soudain, Ludovic décrète, derrière son volant :

– Je ne veux plus de toi dans mes cours, Maya.

C'est une météorite que je me prends sur la tête.

– Pourquoi !

– La danse est un art de jeunesse. On ne commence jamais assez tôt. Quinze ans et demi, c'est l'âge idéal pour s'envoler du nid. Il est temps que tu te confrontes au monde de la danse professionnelle. Dans ma classe, c'est facile, tu es mon meilleur élément, j'ai le temps de m'occuper de toi, mais tu n'as aucun *challenge*. Il faut se mesurer à plus fort pour progresser. Penser à l'Amérique, c'est bien, mais commence d'abord à faire carrière ici. Je te verrais bien chez Rovelli. J'ai vu son dernier spectacle au théâtre des Champs-Elysées, superbe ! Ta base classique te servira toujours, mais la danse moderne te conviendra mieux, tu as besoin de liberté. Rovelli sait mettre la personnalité de ses danseurs en valeur, c'est un chorégraphe inspiré doublé d'un excellent pédagogue. Il a une école qui marche très bien, elle se trouve à Paris, dans le 7e arrondissement. Rovelli donne des bourses gratuites à ses meilleurs étudiants. Tu devrais tenter ta chance.

– Comment aller à Paris avec le lycée ? Et puis mon père ne voudra jamais...

– Tu le décideras !

Aretha Franklin dans l'autoradio. Je gigote sur mon siège malgré moi, « *Think ! Think ! Think !* »... Un croissant de lune opalescent brille dans le ciel étoilé, on dirait un décor de théâtre. Tout est danse sous mes yeux exaltés. La lune se trémousse dans le ciel noir, les voitures godillent sur l'autoroute en éclaboussures d'or, « *You better think (think) think about what you're trying to do to me, yeah, think (think, think), let your mind go, let yourself be free...* ». Paris, New York, mon destin est tracé, « *Oh freedom (freedom), freedom (freedom), freedom, yeah freedom. Freedom (freedom), freedom (freedom), freedom, ooh freedom...* »

13

– C'est hors de question !

Charles-André fait valser son journal de colère ·

– La discussion est close, Maya, tu commences sérieusement à nous échauffer les oreilles avec ta danse, tu ferais mieux de te concentrer sur tes études, ton dernier bulletin était catastrophique.

– Non, mais tu te rends compte un peu, aller vivre à Paris, toute seule, à quinze ans !

– Et alors ? Je peux très bien me débrouiller, j'ai quinze ans et demi, d'abord.

– Tu restes au lycée et tu continues tes études. Tu nous as menti en nous faisant croire que tu étais chez une copine, alors que tu passais cette audition, tu vas filer droit maintenant.

– Ouais, je vous ai menti, et je ne le regrette pas ! J'ai été prise à l'audition, devant cent autres filles qui en rêvaient. Vous m'empêchez de danser, je me suicide ! Tu entends, maman ? Tu veux que je rate ma vie ? Tu veux que je tombe malade comme toi ?

– Présente tes excuses à ta mère, Maya !

– Toi, t'es pas mon père, t'as rien à dire sur mon avenir.

– Maya ! Demande pardon à Charles-André. Non, Charles-André, ne la corrige pas, elle ne pense pas ce qu'elle dit, n'est-ce pas, Maya, que...

– Si, je le pensais ! Et je le pense encore.

Charles-André m'attrape par le chignon pour me traîner dans la salle de bains. Je lui résiste de toute la force de mes cuisses sculptées par sept années de danse classique. Figés comme des nains de jardin sur leurs poufs, Nicolas, Baptiste et Benny n'osent pas détourner la tête de la télévision. Charles-André est vite lessivé par mes ruades, il parvient à m'allonger deux baffes, puis il déclare forfait. Je file dans ma chambre, ulcérée. Mon seuil de saturation est atteint, je ne resterai pas une seconde de plus dans cette baraque !

Vêtements fétiches, affaires de danse, *Fleurs du mal* de Baudelaire, maquillage, pilule, somnifères piqués à Rose, j'emballe toute ma petite vie dans un grand sac de sport, je vide ma tirelire de ses maigres économies, écris une bafouille à Camille dans la foulée, Camille que je n'ai pas vu depuis des lustres, « je me suis enfuie de chez moi pour danser, je t'embrasse, ta reine de Saba ! ».

Rose tambourine derrière la porte. Ses anges l'ont prévenue du danger.

– Maya, sors de cette chambre !

J'enfile mon anorak, enfonce mon bonnet jusqu'aux yeux. Vierge Marie suit mes préparatifs d'un petit sourire affligé. Je n'ai pas le cœur à l'abandonner... Je la mets dans mon sac, entre un gros pull d'hiver et un collant bien douillet.

– Minouchette, ouvre !

Tu peux courir, ma décision est prise... Remercie tes anges, je vais débarrasser le plancher et vous aurez enfin la paix dans cette famille... Remercie-les aussi pour moi d'habiter un rez-de-chaussée... J'ouvre la fenêtre, je grimpe lestement sur la rambarde, je lance mon sac sur la pelouse, et je saute !

*

Il fait nuit noire, mais je n'ai pas peur. Je marche vers mon destin. Et puis je me dis, tu ne peux pas quitter la ville sans dire au revoir à Ludovic, je reviens sur mes pas et prends le chemin du cours de danse. Il y a de la lumière chez Ludovic. Une voix juvénile s'étonne derrière la porte : « Tu attends quelqu'un, lapin ? » Un jeune homme à peine plus vieux que moi m'ouvre, les cheveux blonds peroxydés, un short trop court moulant son gros Jésus à ne plus savoir où mettre les yeux. La tête de Ludovic vient surplomber celle du blondinet au moment où j'allais déguerpir :

– Maya ! Mais... Qu'est-ce que tu fais là ? Il n'y a pas cours aujourd'hui !

– Je voulais vous dire au revoir. Je me suis enfuie de chez moi...

– Entre !

Tout paraît changé ici avec la présence du blondinet. Heureusement, Ludovic l'enferme dans la cuisine pour qu'on soit plus tranquilles. Il reprend son ton familier de professeur, je peux lui confier tous mes ennuis. Ludovic compatit :

– Ah, l'adolescence, ce n'est jamais facile. Moi aussi je me sentais isolé dans ma propre famille. Je voulais être un danseur, je n'aimais pas les filles, mon père militaire faisait la gueule tous les Noëls parce que je délaissais les soldats qu'il m'offrait pour jouer avec les poupées de mes sœurs... La différence fait souffrir, mais elle rend aussi très fort dès qu'on l'a acceptée. Si tu réfléchis, ce sont les autres qui nous font aller mal, par leurs jugements, leurs regards blessants, nous, dans le fond, nous allons très bien ! Nous sommes qui nous sommes. Il faut apprendre à se blinder tout en restant soi, ce n'est pas simple, c'est vrai, ça prend du temps et beaucoup de courage, mais tu y arriveras, tu verras. La danse ne guérit de rien, mais grâce à elle, tu sublimeras ce qui te fait mal et tu le transformeras en beauté. Tu peux tout réussir, Maya, à condition que tu ne doutes pas. Ton manque de confiance en toi est ton pire ennemi, avec ta suffisance ! Hé oui, on peut douter de soi et se montrer orgueilleux. Sans compter ton impulsivité qui te fait faire n'importe quoi... Sais-tu où tu vas dormir ce soir ?

Euh... Bonne question. Je n'y ai pas songé une seconde.

– C'est tout toi, ça ! J'agis et je réfléchis après.

Ludovic quitte la pièce en grommelant. Je me demande ce que le blondinet fabrique dans la cuisine, et ce que mon professeur peut bien lui trouver.

Ludovic revient avec un papier bien plié :

– Ne le perds pas, surtout. C'est l'adresse de Manuela, l'une de mes anciennes élèves danseuse au ballet Rovelli. Je viens de l'appeler, elle est d'accord pour t'héberger dès ce soir et te servir de marraine pour tes débuts dans le métier. Elle est bien installée, elle part souvent en tournée, vous ne vous gênerez pas. Sois gentille et remercie-la, c'est tout ce que je te demande. Je donnerai ses coordonnées à tes parents, bien sûr, je ne tiens pas à me retrouver sur les bancs d'un commissariat.

Je me lève tel un ressort, prête à foncer vers Paris. Ludovic m'arrête dans mon élan :

– Tu ne vas pas toute seule à la gare, je t'accompagne !

*

Blottie dans la Coccinelle de Ludovic, je regarde ma ville avec nostalgie comme si je lui abandonnais mon adolescence. Les gares sont tristes de nuit. Ludovic insiste pour payer ma place. Il glisse une liasse de billets dans ma poche, sourd à mes protestations :

– Ça t'aidera à attendre ton premier contrat, et toi, en échange, tu m'offriras ma place d'avion quand j'irai t'applaudir à New York.

L'arrivée du train pour Paris est annoncée dans les haut-parleurs. Ludovic veut m'accompagner sur le quai. Sa démarche précieuse et sa tenue extravagante, manteau en poil de chèvre et bottes de mousquetaire, attirent tous les regards, mais il semble s'en moquer, tout à ses dernières recommandations de professeur :

– Que fait-on pour réussir ses pirouettes, Maya ?

– On place son talon en dehors, on serre son ventre, on fixe un point devant soi sans jamais le lâcher des yeux.

– Bien ! Du calme sur les gaufrettes aussi, pense à ton popotin... Prends tous les cours que tu peux, quatre par jour au moins, et appelle-moi de temps en temps, je continuerai à te suivre de loin.

Le train arrive en gare. J'ai les yeux qui piquent.

– Ciao et merde !

Ludovic pivote sur ses bottines et fuit mes larmes à l'intérieur de la gare. Je n'ai pas le temps de m'apitoyer sur mon sort, un coup de sifflet impérieux me fait sauter dans le train. Il y a une place vide près d'une femme enceinte...

*

La joue appuyée contre la vitre froide, je regarde les maisons défiler à la vitesse de la lumière, toutes pimpantes en prévision de la fête à venir. Ce sera mon premier Noël sans ma famille, Rose n'aura pas sa fille pour lui peindre les ongles, dresser la table du réveillon avec goût... La culpabilité m'écrase. Je suis une mauvaise fille qui abandonne sa mère malade. Je dois me remémorer mon pire souvenir familial pour ne pas être tentée de sauter du train au prochain arrêt. C'était à cette même période de l'année. Je ne sais plus quel âge j'avais exactement, mais je me souviens parfaitement du carton d'invitation, sur un beau papier gaufré : *Tous les membres de la famille sont conviés à un goûter de Noël dans la villa du Vésinet, petits et grands ! Je vous attends à l'heure du thé pour la distribution des cadeaux. Bien à vous. Héloïse de la Gunardière.*

Rose était fière d'être conviée par sa belle-mère. Depuis leur mariage, Charles-André était le vilain petit canard de sa famille, personne n'osait nous inviter, et de l'autre côté, à part Marceline, Alice et Camille, c'était le grand vide, alors, les fêtes de fin d'année... Mais Héloïse avait bien spécifié sur le carton, *tous les membres de la famille, petits et grands !* Rose avait soigné sa toilette et celle de ses enfants. Nous sommes arrivés au Vésinet au milieu de l'après-midi. Il neigeait et tout le monde se réjouissait dans la voiture, un Noël blanc ! Charles-André a garé sa Ford dans l'allée qui longeait la maison, une grande villa de style Mansart située en face du parc des Ibis. Un sapin illuminé derrière une fenêtre saupoudrait la neige d'étoiles magiques. La porte d'entrée arborait une magnifique couronne faite de houx et de pommes de pin, à la manière anglo-saxonne. On se serait cru dans un conte de Noël.

Charles-André a frappé deux petits coups discrets qui se sont répercutés sur sa figure sous forme de tics nerveux. Héloïse est apparue sur le seuil, les épaules drapées dans une étole immaculée comme la neige de son jardin. Elle a embrassé son fils du bout des lèvres et elle a dit tristement :

– Joyeux Noël, mon petit.

Puis Héloïse a survolé toute notre famille d'un regard bienveillant, jusqu'à ce qu'il rencontre ma sombre figure. Son sourire de bienvenue s'est brisé net. Elle a murmuré quelque chose à l'oreille de son fils, il a joué des mandibules avant de transmettre le message à Rose qui s'est décomposée. Il y avait un problème. Un gros problème. Rose a regardé la belle maison, l'arbre de Noël qui clignotait de toutes ses lumières derrière la fenêtre à petits carreaux, elle a caressé affectueusement le col de mon manteau et elle a chevroté en évitant mon regard :

– Attends-nous dans le jardin, Minouchette. Nous n'en aurons pas pour longtemps.

Ils sont tous entrés dans la belle maison. Je me suis pris la couronne de Noël sur le nez et j'ai pensé comme

Camille : « Et ça se dit bien élevé ! » J'ai sauté les marches du perron en singeant la bouche d'Héloïse la coincée. Il n'y avait rien à faire dans son jardin. Un désert blanc qui ne demandait qu'à être saccagé... Je l'ai piétiné à m'en épuiser, canardé de boules de neige tous les arbres de la propriété. J'en aurais fait autant sur la fenêtre à petits carreaux d'où le beau sapin me narguait si je n'avais pas craint de me prendre une raclée jésuite. Puis j'ai fini par me lasser de ma propre colère et je l'ai transformée en énergie créatrice. Je me suis attelée à la fabrication du « plus beau bonhomme de neige de tous les temps ». Tant que je le sculptais, je ne pensais à rien, l'exaltation artistique absorbait tous mes sentiments négatifs, mais que je relâche ma concentration et mon regard bifurquait automatiquement vers la fenêtre où des silhouettes petites et grandes passaient et repassaient devant le beau sapin. Comment Rose pouvait-elle m'aimer et m'abandonner le jour de Noël dans ce jardin glacé ? Comment ses anges pouvaient-ils accepter une telle injustice ?

La nuit est tombée. Mon bonhomme de neige prenait des allures de monstre avec ses orbites vides. Le jardin était immobile, silencieux comme un cimetière. Je me disais que, si le loup de Petit Pierre s'amenait, personne ne viendrait me sauver. Ils festoyaient tous dans la grande maison pendant qu'il se léchait les babines de son futur repas. Je tremblais de peur et de froid. Mes joues, mon nez, mes oreilles étaient congelés. Je me suis blottie sous un gros thuya, pour me réchauffer et me protéger du loup. De là où j'étais, je pouvais surveiller la porte de la maison, mais je ne voyais plus le beau sapin, seulement les larmes colorées qu'il laissait sur la neige.

J'ai attendu, attendu... La porte s'est ouverte au moment où je n'y croyais plus. Charles-André est sorti en premier, puis Rose, puis mes petits frères, les bras chargés de cadeaux. Héloïse fermait la marche, frigorifiée malgré l'étole qui lui drapait les épaules :

– N'allez pas trop vite en voiture, mes enfants, et soyez prudents !

– Ne vous inquiétez pas, nous le serons.

– Merci, ma mère. Nous avons passé un agréable moment en votre compagnie.

Au son de sa voix je savais que Rose mentait. De ma cachette, je la voyais très bien, ses yeux lui sortaient de la tête. Dès que la belle-mère a refermé sa porte, Rose s'est égosillée :

– Minouchette ?

Je la tenais, ma revanche.

– Maya ? Minouchette ? Maya, tu vas répondre !

Mes petits frères couraient partout dans le jardin, ils tombaient dans la neige, riaient et criaient mon prénom. Pour eux, c'était un jeu.

Charles-André regardait par terre sans bouger. Rose s'est énervée après lui :

– Tu pourrais m'aider à la chercher.

– Cessez de vous inquiéter ! Elle n'a pas pu aller bien loin, toutes les grilles sont fermées. Elle est forcément dans le jardin.

– Tu ne la connais pas ! Elle a pu escalader la grille et passer de l'autre côté... Avec le parc en face tout noir, et le lac, une petite fille toute seule en pleine nuit...

Je me délectais de voir Rose paniquer.

– Je ne la trouve nulle part, Charles-André !

Elle s'est écroulée sur la neige et elle s'est mise à pleurer comme une enfant. Mes petits frères ont vite imité leur maman. Dépassé, Charles-André tentait de calmer tout le monde :

– Voyons, voyons...

Ce n'était plus possible toute cette peine pour rien, j'ai mis ma rancœur de côté et je suis sortie de ma cachette beaucoup plus vite que je ne l'avais décidé. Mes petits frères se sont jetés dans mes bras :

– Maya !

Le désespoir de Rose s'est transformé en crise de rage :

– Quelle idiote ! Pourquoi tu n'as pas répondu ? Tu m'as fait peur !

Nous sommes montés dans la voiture. Mes petits frères s'amusaient avec leurs nouveaux jouets. J'ai demandé où étaient les miens. Charles-André a toussoté, Rose a fait celle qui n'entendait rien.

Le train peut filer vers Paris, je n'ai plus ni remords ni regrets. Mon avenir ne peut être pire que cet après-midi de Noël, dans le jardin glacé du Vésinet. Je dois sauver ma peau. La danse sera ma seule famille désormais. Je ne resterai plus derrière une porte à regarder les autres festoyer, non seulement je ferai partie de la fête, mais j'en serai la reine !

14

« Manuela Rivet ». Je sonne. Une sylphide brune vient m'ouvrir, avec l'accent du Sud :

– Entre, chérie !

Manuela vit dans un coquet duplex, cour du Commerce-Saint-André, une impasse pittoresque grossièrement pavée qui donne sur le boulevard Saint-Germain. Manuela se plaint de ne pas profiter de son bel appartement, elle est toujours en tournée ! Il y a des fleurs dans les vases, des poutres au plafond, on se croirait à la campagne. Ça sent l'encens des églises comme chez Ludovic. Serait-ce une lubie de danseurs ? J'ai l'estomac dans les talons, voilà des heures que je n'ai rien mangé. Manuela me fait l'inventaire de son micro-frigidaire, aussi mince que son tour de taille ! Une moitié de galette de blé, un yaourt maigre, un demi-pamplemousse feront-ils l'affaire ? J'avale ce festin en une seule bouchée. Puis Manuela me fait couler un bain, parfumé à l'huile de magnolia qu'elle a ramenée du Japon. J'y macère longuement en l'écoutant me raconter sa vie trépidante de ballerine toujours entre deux avions. Manuela s'occupe de moi comme une grande sœur, elle se promène toute nue sans façon, et elle m'embrasse longuement sur la bouche pour me dire bonne nuit.

Rose appelle aux aurores. Ludovic n'a pas traîné pour lui donner mon numéro ! D'une voix de nuit blanche, ma mère me raconte comment Charles-André est parvenu à démonter la serrure de ma chambre, ils ont vu la fenêtre grande ouverte, ils ont compris que j'avais fugué. Rose a d'abord pensé appeler la police et tous les hôpitaux du département, mais ses anges lui ont soufflé de commencer par Ludovic. Mon professeur les a rassurés tout en leur faisant mes louanges : quelle chance ils avaient d'avoir une fille aussi passionnée alors que tant de jeunes traînaient leurs guêtres sans savoir quoi faire de leur vie. Rose n'était pas loin d'être d'accord avec lui, mais Charles-André s'est braqué sur ses vieux principes : « Maya a désobéi ? Qu'elle se débrouille toute seule. Elle n'aura pas un sou, comme si elle n'était plus notre fille. » Me voilà chassée de ma famille comme Berthe la caboche, mon arrière-grand-mère jamais vue !

Rose s'en désole au téléphone :

– Que veux-tu que je fasse ? Je ne peux pas t'aider financièrement, je ne travaille pas, je suis complètement dépendante de Charles-André avec ma maladie.

– Ne t'inquiète pas, maman. Mes cours sont gratuits, Ludovic m'a donné de l'argent, et puis je vais très vite décrocher mon premier contrat.

– Les anges me l'avaient dit le soir de ta naissance, *rien à craindre avec celle-là, elle se débrouillera toujours !* Je te fais confiance, Minouchette, mais ne fais pas l'andouille à Paris ! Une gamine de quinze ans toute seule dans une capitale, c'est une proie facile. Comment vas-tu te nourrir et te loger sans argent ?

– J'habite chez Manuela pour l'instant, et elle s'occupe très bien de moi !

– Et fais bien attention aux garçons, ne te laisse pas embobiner.

Promis, juré, sur la tête de ma mère !

*

Nous marchons du même pas aérien, Manuela et moi, notre gros sac de danseuse sur l'épaule et les pieds en canard. Elle m'entraîne sous un porche. Au fond de la cour, il y a une porte peinte en laque rouge comme celle d'un lupanar. Je lis sur l'affiche collée dessus : *Ballet théâtre Alessandro Rovelli.*

– Prête à se jeter dans la fosse aux lions ?

Je regarde Manuela et prends une longue inspiration :

– Prête !

Derrière la porte rouge, c'est une autre planète. Ses habitants semblent plus apparentés au monde des insectes qu'à celui des humains. Ça rampe, crapahute, s'écartèle en tous sens sur le tapis en coco. Manuela embrasse tout le monde sur la bouche dans un concert de « chéri-chéri ». Une étrange sauterelle me demande l'heure, la tête coincée entre ses longues pattes. Je dois me plier en deux pour lui répondre. J'observe, je renifle l'ambiance, et je découvre quelque chose de très important ! Dans le monde de la danse professionnelle, plus t'es loqueteuse et débraillée et plus t'es belle ! Manuela aurait-elle une paire de ciseaux ? L'objet en main, je vais m'enfermer dans les toilettes et taillade mon collant à grands coups de ciseaux inégaux jusqu'à ce qu'il soit troué comme du gruyère.

La pudeur semble être une notion abstraite sur cette planète. Dans le vestiaire, mixte, on se masse, se mire sans complexe dans le miroir, en tenue d'Eve et d'Adam, de face, de profil, penché en avant ou en arrière, main sur le ventre ou sur les fesses. Ça se penche sur son sac pattes écartées et sexe à l'air sans s'émouvoir de qui se trouve derrière. Hop, le p'tit Jésus se coince dans la « trousse », un string matelassé censé protéger la virilité des danseurs. Je fais comme les autres surtout, je me poste devant la glace à poil avec un maximum de décontraction et me déverse un kilo de crème capillaire sur la tête. Pas une frisette ne doit dépasser de mon chignon ! Je me suis maquillée comme un camion, avec un maximum de noir aux yeux et de rouge sur les lèvres ; un masque de guerre qui m'aidera à affronter le monde cruel de la danse. Personne ne doit savoir que je suis une gamine de quinze ans en fugue, perdue, affolée dans ce grand studio sans le regard protecteur de Monsieur Ludo.

*

Un silence galactique fige les insectes. Alessandro Rovelli traverse son royaume d'un pas nonchalant, l'air d'un adolescent avec sa masse de boucles brunes, son pantalon bouffant et son tee-shirt délavé noué sous la poitrine. Les cous s'allongent, les pupilles se dilatent, les colonnes vertébrales se hérissent au passage du maître. Les insectes le suivent respectueusement, la mine concentrée et recueillie, se placent dans son sanctuaire selon une hiérarchie bien établie, les danseurs chevronnés devant, les apprentis derrière. Tous ont les pieds nus. Mes chaussons font un vol plané dans mon sac.

La classe commence par des mouvements d'isolation de la tête, du cou, du torse, et du bassin. Rovelli va et vient entre les danseurs, ânonne les comptes d'une voix monocorde en tapant sur un tambourin. Italo-Américain d'origine, Rovelli jargonne dans les deux langues qu'il mâtine d'expressions françaises au gré de son inspiration. Tout le monde le comprend, sauf moi !

La danse moderne me plaît. Toutes les parties du corps sont sollicitées, l'en dehors comme l'en dedans. Rovelli nous montre un premier enchaînement. Nous sommes tétanisés d'admiration, les professionnels comme les apprentis. A son âge canonique, quarante ans, Rovelli saute comme un chat et tourne comme une toupie. Sa démonstration nous stimule autant qu'elle nous décourage.

Les membres de la troupe reprennent l'enchaînement les premiers. Je repère ses meilleurs éléments. Ma favorite est une grande fille au visage ovale qui monte ses jambes derrière les oreilles. Elle sera mon modèle. Manuela est une danseuse honnête, ses mouvements sont sûrs, précis, mais il lui manque ce petit quelque chose qui te rend exceptionnelle.

A nous, les apprentis ! Galvanisée par mon modèle, je lance mes jambes en l'air, fonce comme un taurillon lâché dans une arène sans voir que j'écrase une douzaine de pieds et assomme autant de têtes au passage. Rovelli a montré une double pirouette, j'en tente quatre pour l'esbroufe, valdingue contre une autre danseuse, repars dans une autre direction avec la même énergie dévastatrice. J'entends vaguement des « aïe » et des « tu pourrais garder ta place, merde », sans imaginer une seule seconde qu'ils me sont adressés. Rovelli ne peut faire autrement que de remarquer cet Attila qui pulvérise tous ceux qui croisent son passage. A la fin de l'enchaînement, je suis interpellée :

– Toi ! Tou a ouna énergy bellissima but you not écoutez la music !

Manuela tient le bureau des plaintes à la fin du cours. Elle me rapporte les meilleures perles : « J'ai les dents longues à rayer le parquet. Je ne sais pas tenir ma place. Je n'ai aucune conscience des autres. Je monte mes jambes beaucoup trop haut, sans me soucier du placement des hanches. Tout ce maquillage sur ma figure est ridicule, je ne fais pas un concours de beauté. »

Ce jugement sans appel me terrasse. Ici non plus, on ne m'accepte pas.

– Quand on est belle et douée comme toi, on irrite, tente de me consoler Manuela.

Je téléphone à Ludovic, complètement déprimée. Je lui fais le compte rendu de mon premier cours de danse professionnel, il éclate d'un rire cynique :

– Bienvenue dans la belle famille de la danse, ma chérie !

15

J'ai dix-sept ans, nous sommes en 1982, la danse phagocyte toutes mes pensées et toute mon énergie. Deux ans de travail acharné au studio Rovelli m'ont transformée. Je ne me torture plus de questions, je n'ai plus le temps de penser, mon corps a perdu ses rondeurs d'enfance à force d'exercices et de régimes, j'ai gagné en dureté ce que j'ai perdu en kilos, je deviens une vraie danseuse, exigeante avec elle-même comme avec les autres. Chaque cours est d'une importance capitale. Le monde extérieur n'existe pas. Une journée réussie pour moi tient à une difficulté technique enfin maîtrisée, un regard approbateur ou une remarque positive du maître. A grandir devant les miroirs, je ne sais plus me passer de mon reflet, cela devient un réflexe de me chercher partout, dans les glaces, dans les vitrines, dans les regards des autres, je suis toujours en représentation, amoureuse de mon reflet comme Narcisse au-dessus de sa mare, alors que rien de moi ne me satisfait. Je pleure beaucoup aussi, comme je n'ai jamais pleuré de toute ma vie ! Parce que la fatigue, la douleur, l'impuissance, l'impatience, le découragement, la jalousie, la solitude. C'est dur d'être une jeune danseuse qui en veut, Rovelli me gave de promesses qu'il ne tient jamais :

– Maya, tou déviens bellissima ! I will créer oune balleto pour toi, bientôt, quand tou sera dans my company.

Tu parles, c'est toujours une autre qu'il engage. Moi je dois encore attendre, toujours attendre, je suis trop jeune, trop nerveuse, trop grande gueule, pas assez maigre... Je n'ai pas bonne réputation dans le studio. On me dit ambitieuse, individualiste, caractérielle, ce qui n'est pas faux. Je veux ressembler à tout le monde, mais je n'arrive pas à me fondre dans un groupe, j'ai toujours besoin d'être le point de mire, et puis je ne sais pas sourire à la commande, faire de la lèche aux danseurs influents, je suis instinctive, spontanée, un jour prête à bouffer le monde, un autre à me suicider, je change d'humeur comme de collant, écartelée entre cette fichue dualité : soit je suis une erreur et je tremble de froid derrière la porte, soit je suis une princesse et je la défonce pour m'imposer, quitte à écraser les autres.

Si je ne dansais pas, je crois que je ne pourrais pas me supporter. J'ai tant d'énergie que je me brûle toute seule parfois. L'exercice physique quotidien m'est une nécessité. Il me décharge de mes angoisses, m'aide à canaliser ma violence et cette hypersensibilité qui m'épuise autant qu'elle épuise les autres. Me battre pour ma survie, je n'ai pas d'autre choix. Charles-André ne veut toujours pas ouvrir son porte-monnaie, Manuela commence à me trouver lourde, je vis comme une sauvageonne, à l'instinct et au jour le jour. Je vole mes repas de midi dans le magasin d'alimentation au coin de la rue de Grenelle, yaourts, fruits secs, jambon sous Cellophane que je planque sous mes collants trempés de sueur. J'ai besoin d'une nouvelle tenue ? Je me sers au studio dans le carton des objets trouvés, ce qui me met parfois dans une position délicate, quand une danseuse retrouve sur mon dos son maillot qu'elle croyait égaré ! Je peux faire une pause dans n'importe quels bras, masculins ou féminins, pour un plein de tendresse, de sexe ou de nourriture, et puis je repars sur ma route comme une sans foi ni loi, tendue vers mon seul rêve : danser !

*

Au studio, quand on me demande d'où je viens, c'est toujours anecdotique. La danse est un langage universel. Ta couleur de peau, tes origines, tes préférences sexuelles n'intéressent personne. L'intolérance se situe ailleurs, dans les critères esthétiques. Si tu n'as pas le physique, alors accroche-toi pour danser ! On me dit jolie, mais je dois me cacher sous une tonne de maquillage pour le croire. L'erreur n'est jamais loin de la princesse, mais chut, personne ne le sait !

Quand on me demande de quel pays je viens, je ne dis jamais la vérité, ma mère blanche, la famille de ma mère blanche inconnue, mon père africain inconnu, et sa famille inconnue aussi, cela fait trop de vides. Je fais comme ces poissons qui se protègent en prenant la couleur du sable, je m'invente une histoire chaque fois différente, aujourd'hui je suis américaine, demain, ma ville natale sera Salvador de Bahia, le paradis de la samba ! N'ai-je pas l'air d'une Brésilienne ? Je fais comme je veux, comme je peux. « Le mensonge ne t'étouffe pas », me dit Rose. Non, il me sauve !

Elle me manque, Rose. On se téléphone tous les jours quand Charles-André n'est pas là. J'ai besoin de sa voix, de nos disputes et nos conversations angéliques. Ludovic me manque lui aussi... Je l'appelle moins souvent, mais tout de même, il a son petit coup de fil chaque fin de semaine. Il est mon phare dans l'océan de mes doutes :

– Rovelli ne veut toujours pas t'engager ? Cesse d'attendre, tente ta chance ailleurs !

Je suis les conseils de mon professeur. Chaque matin, dès mon arrivée au studio, je me rue sur le panneau des auditions, papier et stylo en main, comme tous les danseurs en mal de contrat.

*

Recherchons trente danseurs pour tournée estivale dans le sud de la France. Quinze filles et quinze garçons, bonne technique classique et moderne.

Ma première audition se passe sur la scène d'un grand théâtre parisien. Je me farde à mort. Les loges sont saturées, tous les danseurs de Paris semblent s'être donné rendez-vous. Je fais la queue devant le bureau des inscriptions, on me demande mon nom, mon âge, ma taille, mon poids. Je mens un peu. On me donne le dossard numéro soixante-dix-sept. Le sept, mon chiffre de chance avec le neuf. Ça parle français, anglais, néerlandais, portugais, espagnol, allemand, italien, japonais autour de moi. Nous sommes plus d'une centaine de danseurs à nous jauger, évaluer nos chances contre celles du voisin ou de la voisine. Une femme aux cheveux courts monte sur scène et demande le silence au micro. C'est Jenny Wallace, la chorégraphe, une Anglaise qui nous souhaite un « gros merde for tiou le monde » dans un grand sourire carnassier. L'assistant de Jenny, un rouquin efféminé, nous invite à monter sur la scène pour apprendre la première chorégraphie qui nous départagera. C'est la ruée, à qui se mettra sous le nez de Jenny pour mieux se faire remarquer. Je ne suis pas la dernière à jouer des coudes, il me le faut ce premier contrat !

Deux heures plus tard, la scène s'est vidée de moitié. Il reste quarante danseurs dans la compétition, vingt garçons et vingt filles, dont Bibi ! Nous sommes toujours dix en trop. L'assistant montre une nouvelle variation pour l'écrémage final, un adage très lent avec des arabesques et des développés. J'ai trop donné au premier enchaînement, je suis vannée, mes muscles sont tétanisés, je ruisselle de transpiration, mon maquillage se fait la malle, je ne ressemble plus à rien ! Jenny a la bonne idée de commencer par les garçons. Avachies dans les fauteuils de la salle, les filles les regardent s'escrimer, pas pressées d'aller les remplacer.

Le dossard numéro six sort nettement du lot. Il est beau, sa technique solide, ses mouvements fluides et déliés. Je lui trouve un faux air de Ludovic. J'entends derrière moi : « Le numéro six, tu as vu, c'est Tim Barrier, un danseur de Maurice B. ! »

Je note dans ma tête : « Tim Barrier ». Magnifique.

Les garçons terminent l'enchaînement sous nos applaudissements. Jenny jaillit d'un recoin de la scène et s'écrie dans le micro :

– *Girls now !*

Je me conditionne intérieurement : « Fais la toupie, fais le serpent, libre comme le vent, tu ne peux pas te planter, Maya, ça ne peut plus durer comme ça, tu dois te louer une chambre, te nourrir, t'habiller… Rose sera fière de toi, Ludovic aussi, ils comptent sur ta réussite. Vierge Marie, Bouba, les anges du ciel, tous avec moi ! »

Je croise le dossard numéro six dans les coulisses. Il me sourit, le visage en sueur. De près, il a au moins vingt-cinq ans. Je le trouve beau à tomber.

Ludovic ne m'aurait pas loupée. S'il avait vu mon enchaînement, je me serais fait salement enguirlander : « Qu'est-ce que tu as fabriqué ? C'était mécanique, raide, sans âme ! »

L'Angliche me détaillait de haut en bas comme les paysans auscultent les vaches à la foire aux bestiaux de Figeac, ça m'a bloquée. Je regagne la salle, furieuse contre moi. Jenny reste sur scène pour délibérer avec son assistant. Les danseurs retiennent leur respiration en se jetant des regards anxieux. Qui sera pris, et qui sera jeté ?

– *Number six !* crie Jenny dans son micro, plus avenante qu'au début de l'audition.

Tim Barrier est pris, rien de plus normal.

– *Number twenty-two !*

Jenny nomme treize garçons de toutes les nationalités. Ils vont la rejoindre sur scène sous les yeux jaloux des recalés qui se replient dans les loges, d'autant plus amers qu'ils se sont battus jusqu'au bout.

– *Girls now !*

Roulement de tambour. Je ne me fais aucune illusion, d'accord, mais je crois tout de même aux miracles ! Jenny choisit deux blondes décharnées, ça commence mal... Une rousse maintenant, un peu plus en chair... Deux brunes... Mes chances s'amenuisent à chaque nomination. Logique, j'ai mal dansé, je vais me sauver de ce théâtre la queue basse et me filer des claques toute la soirée en me traitant de grosse loche...

– *and number seventy-seven !*

Number seventy-seven... C'est moi !

*

L'atmosphère est électrique dans la loge, la joie des engagés rend la déception des refusés encore plus palpable. Tim Barrier parle avec un autre danseur tout en se rhabillant. J'affûte mes oreilles d'éléphant.

– Pourquoi j'ai quitté Bruxelles et Maurice B. ? Parce que. J'avais envie de vivre autre chose. J'aimerais bien voir ce qui se passe aux States. J'ai envie de comédie musicale, pour changer. J'ai toujours rêvé de chanter et jouer la comédie en plus de danser.

Tim rêve à l'Amérique ! C'est plus fort que moi, il faut que je me mêle à la conversation :

– Moi aussi je vais en Amérique, à New York, à l'A.A. City Ballet !

– Ah... Super... Belle compagnie !

Ça ricane dans la loge. Ludovic m'avait pourtant mise en garde au téléphone : « Dans ce métier, il y a beaucoup de jalousie. Mieux vaut être discret. N'étale jamais tes dons et tes projets. »

Je débarrasse le plancher rapido. Tim et moi nous retrouvons « par hasard » à la sortie du théâtre.

– Alors, cette première audition ? me fait-il comme si c'était marqué « débutante » sur mon front.

Je suis affreusement vexée.

16

Je suis amoureuse comme je ne l'ai jamais été de Geronimo, amoureuse à ne plus dormir, à ne plus manger, à n'avoir que Lui en tête. C'est Jenny Wallace qui a joué les Cupidons. Le premier jour des répétitions, elle m'a choisie pour être la partenaire de Tim dans le pas de deux qui doit clore le spectacle. A s'enlacer, échanger nos sueurs et mêler nos souffles à longueur de journée, nous avons fini par danser un autre genre de pas de deux... L'amour avec Tim, c'est le prolongement naturel de notre entente artistique. Il a huit ans de plus que moi, mais nos âmes sont faites l'une pour l'autre. C'est banal de le dire, mais pas de le vivre, j'ai l'impression de connaître Tim depuis toujours et de l'avoir enfin retrouvé. Rose dit que nous avons plusieurs vies, qu'on refait un petit tour sur terre tant qu'on n'a pas assez appris, et une fois qu'on sait tout, on peut squatter le paradis pour l'éternité.

Tim m'apprend l'amour sans limites et sans tabous. Nous le faisons partout et de toutes les façons, sous les étoiles, au clair de lune, debout sur le balcon de la chambre d'hôtel, allongés sur le sol de la loge avant le spectacle. L'amour, la nudité, rien de plus naturel, on est jumeaux, Tim et moi, ni homme ni femme, mais les deux à la fois, on s'habille pareil, on se noircit les yeux avec le même bâton de khôl, on est comme une seule et même personne, on se suffit à nous-mêmes.

*

Vaison-la-Romaine, sud de la France. Ce soir, c'est la « dernière », l'ultime représentation d'une tournée magique que je ne voudrai pas voir s'achever. J'ai halluciné le jour où j'ai touché mon premier chèque de salaire. Etre payée pour faire ce que j'aimais le plus au monde, cela m'a semblé presque malhonnête. Je ne me vois plus vivre sans ma troupe, ma nouvelle famille cosmopolite où l'on danse, s'aime et se déteste avec la même intensité. Ce soir c'est la « dernière »... Comment vais-je pouvoir me passer de Tim ?

*

On ne peut pas se quitter. Après la tournée, je rejoins Tim dans son studio de célibataire, rue Ravignan, au pied de la butte Montmartre. J'ai une maison, je dors, je mange, je fais l'amour avec un homme qui me parle, me regarde, me sourit, me répète que je suis la plus jolie et qu'il m'aime comme je suis. Un homme qui danse et s'envole comme les anges. Pour lui, je joue à la fée du logis, je mets des fleurs partout, je fais des gâteaux, des soupes, des gratins comme ceux de Rose, je peins des étoiles au plafond de notre chambre, je colle un poster géant de Manhattan illuminé sur le mur du salon, pour que notre rêve nous rappelle constamment à l'ordre. Nous partirons ensemble en Amérique, main dans la main, comme nous prenons nos cours collés l'un derrière l'autre à la barre pour mieux pouvoir se corriger. Aucune faiblesse ne nous échappe, nous sommes les miroirs de nos progrès. Vierge Marie a une nouvelle copine, Marilyn Monroe, l'égérie de Tim. Elles trônent toutes les deux sur la cheminée et nous protègent chacune à sa façon.

Cette nuit, j'ai rêvé de Rose sur un lit d'hôpital... Je fais très attention à mes rêves, ils me disent toujours quelque chose d'important et ils sont souvent prémonitoires. Inquiète, j'appelle la maison. C'est Benny qui répond. Son élocution me surprend, j'avais quitté une petite fille qui trébuchait encore sur les mots.

– T'as bien rêvé. Maman est encore à l'hôpital ! C'est la nouvelle voisine qui nous garde.

– Baptiste et Nicolas vont bien ?

– Oui, Maya, pourquoi t'es partie à Paris ?

– Pour danser, ma Benny.

– Je suis toute seule dans la chambre des filles maintenant. Tu vas revenir bientôt ?

– Je ne crois pas. J'ai beaucoup de travail, tu sais. Tu me passes Nicolas ?

– Il est au foot avec Baptiste. Baptiste, il a une petite copine qui s'appelle Marjorie, mais chut, faut pas le dire, c'est un secret !

– Et toi, Benny, tu as un petit copain ?

– Non ! Moi je préfère les chiens.

– Tu sais dans quel hôpital est maman ?

– C'est pas le même que d'habitude. Attends, je vais le demander à la voisine...

– Benny ?

Elle est déjà partie. Ma petite sœur que je n'ai pas vue grandir.

– Bonjour ! Madame Thépaut à l'appareil...

La « nouvelle voisine » m'explique qu'elle a emménagé sur le même palier que mes parents l'année dernière, et que ma maman a bien du courage, si jeune avec cette sale maladie !

Rose fait une poussée de sclérose en plaques doublée d'une hépatite. Elle est soignée à l'hôpital Léopold-Belland dans le service de neurologie.

Je ne peux pas franchir les portes d'un hôpital sans avoir mal au ventre. La douleur se renforce dans l'ascenseur, atteint son point culminant devant la porte de la chambre du malade. Comment vais-je trouver Rose cette fois ? Dans quel état ?

Le teint jaune coing, une maigreur de déportée, elle dort. S'il ne faisait pas aussi froid dehors, j'ouvrirais grand la fenêtre pour chasser l'odeur de malheur qui flotte dans la pièce. Saloperie de sclérose en plaques, je te hais, je t'arrache de la moelle épinière de ma mère avec mes dents, avec mes ongles, je te piétine jusqu'à ce que tu crèves ! Pourquoi Rose ? Pourquoi elle et pas moi ? Que font ses anges, bordel !

Sa main pèse une plume dans la mienne. Rose a un frémissement de paupières. Elle s'éveille, ouvre de grands yeux anxieux qui disent : « Que va-t-on encore me faire comme misère ? » Enfin, elle reconnaît sa fille :

– Minouchette !

Sa voix est fêlée de fatigue, ses joues sont creuses, comme avalées. Il reste son grand front lisse où j'aime déposer mes baisers.

– Salut, m'man. Tu ne t'attendais pas à ma visite...

– Si. Je savais que tu viendrais. Mets-toi dans la lumière, que je te voie mieux...

Rose fait un gros effort pour se redresser sur l'oreiller :

– Comme tu es grande, Minouchette !

– J'ai presque dix-neuf ans.

Rose hoche la tête, incrédule. Un V soucieux se creuse entre ses sourcils :

– Tu t'es mise au soleil ?

– J'ai dansé en extérieur tout l'été.

– Pourquoi n'as-tu pas mis ton chapeau ? Tu as noirci !

- Ce n'est pas très pratique pour danser. Alors, les médecins, qu'est-ce qu'ils disent ?

– Rien de nouveau, à part qu'ils m'ont détruit le foie avec leur saloperie de cortisone... Résultat, j'ai un début de cirrhose, moi qui n'ai jamais bu une goutte d'alcool. Je n'en peux plus de cette maladie, Minouchette, quel calvaire ! Les anges me pensent plus courageuse que je le suis. J'ai tout essayé, le régime diététique d'un médecin américain, les magnétiseurs, les bandelettes imprégnées d'huiles essentielles à porter sur le corps, et même de l'eau bénite ramenée de Lourdes par Marceline… J'ai de plus en plus de mal à me déplacer, une vraie bouteille soûle. Charles-André a dû m'acheter un déambulateur.

– Comment va-t-il ?

– Il travaille beaucoup. Bien obligé avec tous mes frais médicaux !

– Marceline ?

– Toujours à nous fatiguer avec ses histoires de curé. Tu devrais l'appeler. Ecris à Camille et Alice aussi, je les ai eus au téléphone l'autre jour, ils se plaignent de ne plus avoir de tes nouvelles.

– Je sais… Je n'ai plus le temps de rien avec la danse.

– Comment ça se passe avec ton amoureux ?

Rose a gardé ses pouvoirs magiques ! Je ne l'ai mise au courant de rien, elle ne connaissait pas l'existence de Tim.

– Vous allez faire un grand voyage ensemble.

Les yeux de ma mère se remplissent de larmes. Elle sait déjà pour l'Amérique.

– Tu as la chance de pouvoir voyager, Minouchette, profites-en bien… Tu me raconteras après.

J'ai honte. Je suis une sale égoïste. J'abandonne ma mère gravement malade, je n'écris plus à Camille, je n'appelle plus Marceline qui m'a élevée petite, je n'en ai que pour ma danse !

– Ne me laisse pas trop longtemps sans nouvelles. Je vais me reposer maintenant. J'ai un mal de crâne terrible…

Rose se tourne vers le mur comme pour prendre congé, je me dirige vers la porte sur la pointe des pieds, sa voix s'élève encore dans la pièce :

– Minouchette ?

– Oui maman ?

– Je suis fière de toi. Tu t'en sors bien.

17

Midi, l'heure du petit déjeuner pour les oiseaux de nuit. Tim dévore une épaisse tartine beurrée en lisant le journal. Je suis laminée d'envie en face de lui, abonnée que je suis aux œufs durs et aux yaourts maigres pour garder ma ligne de danseuse.

– Regarde ça, bébé !

Tim me flanque son journal sous le nez. A.A. s'étale sur toute la page, le sourire débonnaire dans son collier de barbe. Je lis sous la photo : « L'A.A. City Ballet se produira au théâtre antique d'Arles à l'occasion du festival d'été, les 16, 17 et 18 juillet, puis il sera à Paris, au théâtre de la Ville, du 12 au 20 septembre ».

– C'est la chance de ta vie ! Tu vas profiter de la tournée en France pour auditionner.

J'enfourne deux tartines beurrées d'affilée de nervosité. Arles, le 17 juillet, je m'y vois déjà...

– Si A.A. ne m'aime pas ? Si je ne lui plais pas ?

– Impossible !

Tim me soulève de ma chaise et nous fait planer dans les airs, mes doutes et moi.

*

Ils arrivent au théâtre par petits groupes, enveloppés de lainages et de couvertures, des lunettes noires sur le nez comme des stars, les danseurs de l'A.A. City Ballet ! Je me pince pour m'assurer que je ne rêve pas. Ce sont bien eux, ces danseurs fabuleux qui m'ont fait pleurer de joie au Palais des sports quatre ans plus tôt. Je cherche la divine, mon idole, Cynthia Levinson. Je ne la trouve pas... Un grand chauve noir que je reconnais monte sur la scène avec un magnétophone. Je comprends que c'est lui qui va donner le cours et non A.A. comme je le pensais. Il frappe dans ses mains :

– *Let's go, kids.*

Les couvertures s'envolent, les rires se tarissent, les visages se ferment. Je reconnais les bras, les jambes, les dos racés qui m'avaient éblouie au Palais des sports. Et je suis parmi eux.

*

Les exercices s'enchaînent, chaque fois plus périlleux. Je me fais l'effet d'une anomalie dans toute cette perfection. Nous sommes aux diagonales de grands sauts, je vais m'élancer quand mon regard croise A.A. dans les gradins, assis à côté de la femme au chewing-gum ! Depuis combien de temps regarde-t-il la classe ? Je fais un premier grand jeté, prends trop de force pour le second, et termine le troisième les quatre fers en l'air ! Je suis mortifiée. Je viens de me viander devant celui que je rêvais d'impressionner... Je voudrais m'enfoncer dans le tapis et m'y dissoudre. Relève-toi, Maya, et vaillamment s'il te plaît, termine cette diagonale par deux grands écarts en l'air tellement éblouissants qu'ils feront oublier ta chute ridicule.

Je termine ma diagonale, il n'y a plus personne dans les gradins, A.A. et la femme au chewing-gum ont levé le camp, dégoûtés par le piètre spectacle que l'erreur leur a offert. Je suis passée tout près de ma chance. Le cours s'achève sur mon rêve brisé. Mes idoles partent se reposer dans leurs loges avant le spectacle. On va se rhabiller, mes rêves et moi. Je suis en train de tasser mes affaires tant bien que mal dans mon sac, une voix grave retentit dans mon dos :

– *Miss ? Miss, please !*

Tu ne vas pas me croire, c'est pourtant la vérité, c'est lui, A.A. en personne ! Le genre de truc qui n'arrive qu'au cinéma. Moi non plus je n'y crois pas, je me dis, Maya, tu es en train de rêver là, tu vas te réveiller à Paris, dans les paillettes qui grattent... Mais non, ce n'est pas un rêve, c'est lui, le prince noir merveilleux danseur ! Il s'avance vers moi, masquant le soleil couchant de sa stature imposante :

– *Do you speak english ?*

*

Il veut connaître mon prénom, mon âge, savoir dans quelle compagnie j'ai déjà travaillé. Je cite « Ludovic, de l'Opéra de Paris », je raconte le choc de mes quinze ans au Palais des sports, mon rêve de travailler dans la troupe, qui vire à l'obsession, le poster de Cynthia au-dessus de mon lit telle une icône... Tout cela dans un anglais scolaire que l'émotion rend encore plus hésitant. Tout se confond dans ma tête, la danse et la vie, je ne sais plus à qui je m'adresse, à mon père absent, au grand chorégraphe qui m'a tant fait rêver... A.A. semble beaucoup s'amuser. Il veut me parler en français, mais ça ne vient pas, il reprend en anglais, la voix grave et douce d'un gros nounours. J'ai des *beautiful legs*, des *pretty eyes* et beaucoup de *temper*, je suis encore *very young*, mais déjà *a very exciting dancer, but...* Je m'attends à ce qu'il me jette mon gadin ridicule à la figure, *but...* Il veut me revoir au mois de septembre, quand la troupe se produira au Théâtre de la Ville. A.A.

me quitte sur un *see you in Paris* vibrant qui m'envoie droit en Amérique !

*

L'avion pique sur un tapis scintillant et tentaculaire. Je suis émue aux larmes. Toutes ces années de travail, ces après-midi angoissants au Théâtre de la Ville à prendre les cours, à regarder les répétitions de la compagnie s'effacent d'un coup.

L'avion se pose en douceur sur la piste de Kennedy Airport. Je remplis une fiche de renseignements digne du FBI où je promets de ne pas tuer le président des Etats-Unis, je grimpe dans un taxi jaune canari digne d'un film de Martin Scorsese, Tim donne au chauffeur notre seule adresse new-yorkaise, celle des studios A.A. sur *Broadway Avenue*, et nous entrons dans le poster géant collé sur le mur de notre salon. Brooklyn Bridge en grand écart sur l'East River... L'îlot de Manhattan, ses Twin Towers et son Empire State Building... Broadway Avenue, ses lumières et ses mégapanneaux publicitaires... Le taxi stationne devant une grande tour de verre et d'acier. New York rugit à nos pieds tel un fauve insomniaque. Tim m'embrasse sur le trottoir. Nous sommes en Amérique !

18

J'arpente le bitume comme une vraie New-Yorkaise, sans traîner, la foulée longue, le regard *focus* derrière mes lunettes noires, et un baladeur vissé sur mes oreilles. Marvin Gaye, Curtis Mayfield, Angela Boffil, George Benson, Michael Jackson, Aretha Franklin et son *Think*, qui me fait grimper l'adrénaline, rythment tous mes déplacements, « *People walking around every day, playing games that they can score... And I ain't gonna be the loser my way, ah, be careful you don't lose yours... You better think (think) think about what you're trying to do to me... Yeah, think (think, think), let your mind go, let yourself be free...* » *Hi* les hommes attaché-cases ! *Hi* les femmes tailleur baskets ! *Hi* les dreadlocks rollers ! *Hi* les jogging bigoudis ! Quand ils sont gros ici, ce sont de vraies montgolfières dans leurs jeans XXXXL. « *Oh freedom (freedom), freedom (freedom), freedom, yeah freedom... Freedom (freedom), freedom (freedom), freedom, ooh freedom...* » A New-York, il y a des marrons partout, du plus clair au plus foncé. On s'habille comme on veut, même si c'est moche. Je ne me casse plus la tête à faire ma coquette, j'enfile un blouson sur mon collant, je roule mes guêtres sur mes baskets et je file aux studios A.A., au dixième étage du building de verre et d'acier. J'arrive toujours en avance pour avoir une bonne place à la barre, près d'une baie vitrée d'où je peux contempler Manhattan entre deux exercices, ce qui n'a rien d'évident ! Les danseuses noires américaines sont encore moins commodes que moi. A côté d'elles, je suis la Dame aux camélias ! Pas de romantisme ici, la danse c'est la guerre. Tu parles mal l'anglais ? Personne ne fait l'effort de te comprendre. Tu oublies ton tour ? On te passe devant sans vergogne. Tu te casses la figure ? C'est tout juste si on ne te marche pas dessus. Les fragiles, les faiblards, les médiocres, dehors ! C'est marche ou crève, on ne garde que les meilleurs.

Si presque tous les danseurs de l'école sont marron clair ou foncé, le mot « métis » ne fait pas partie de leur vocabulaire. Tu as une goutte de sang noir dans les veines, *girl*, tu peux mettre ta mère blanche à la poubelle, tu es *black* et point final ! Tu dois penser *black*, t'habiller *black*, lire *black*, te coiffer *black*, aimer *black*. Tim vient me chercher à la sortie des cours, on nous regarde de travers comme le couple de mes parents dans les années 60. Je me fais traiter de *white nigger* dans les vestiaires. Une Noire qui sort avec un Blanc insulte les hommes de sa communauté, me dit-on. Noire chez les Blancs, Blanche chez les Noirs, elle est où ma communauté ? Et si je n'avais pas envie de choisir entre mes deux couleurs ?

*

Tim multiplie les auditions sans aucun résultat, soit il n'a pas sa carte verte, le sésame des danseurs étrangers, et on le vire avant même de l'avoir vu danser, soit il y a toujours meilleur et plus fort que lui ! La compétition est rude ici. Mon engouement des débuts commence à s'émousser. Je me sens abandonnée dans ces classes surchargées où l'on ne connaît même pas ton prénom. Je n'ai pas revu A.A. depuis mon arrivée. Je sais qu'il est très pris par la compagnie, mais quand va-t-il m'engager ?

Le délai des trois mois est largement dépassé. La France commence à me manquer, et aussi ceux que j'ai laissés là-bas. Je n'ose pas encore écrire à Ludovic, de peur de lui faire une fausse joie. J'attends d'abord d'avoir signé mon contrat, si jamais il arrive un jour, celui-là !

Je me pensais oubliée, et puis un beau matin, A.A. débarque dans mon cours sans crier gare ! Galvanisés par la présence du boss, les élèves font étalage de leurs talents. Je découvre que je maîtrise mieux cette émotivité qui me fait tout flanquer par terre dès que je veux briller. Je ne tombe pas à la renverse, je termine l'enchaînement sur la musique et avec les autres. A la fin de la classe, A.A. me fait un signe discret. Je le rejoins dans le couloir. De près, il est méconnaissable. Son visage est bouffi, son regard éteint, son débit verbal anormalement lent :

– *Are you ready to join the company ?*

Alléluia ! Pas un mot dans l'ascenseur. Mon prince noir merveilleux danseur garde un silence froid digne de Charles-André. Nous arrivons dans le bureau de Pete Crimson, le directeur exécutif de la troupe, un Blanc rondouillard aux yeux de poisson qui me présente mon contrat que je dois lire scrupuleusement avant de signer. A.A. reste silencieux. Pas un sourire, une plaisanterie, un mot de félicitation, mais qu'est-ce que je lui ai fait ? Je suis trop troublée pour pouvoir me concentrer sur ma lecture. Le nez sur mon contrat, je me remonte le moral comme je peux : « Tu as réussi le rêve de tes quinze ans, tu devrais grimper au plafond ! Vois ce paysage de folie derrière la baie vitrée. Manhattan fauve dans le soleil couchant, les fenêtres des buildings qui étincellent comme des dia mants... Fixe cet instant solennel pour l'imprimer dans ta mémoire à jamais. »

Signé ! Pete le batracien me reprend mon contrat et se fend d'un *congratulations* aussi chaleureux que la lampe en aluminium sur son bureau, puis il me dresse la liste de tout ce qu'un nouveau membre de la compagnie doit savoir : le salaire hebdomadaire de base, que je n'arrive pas à traduire en francs tellement je suis nulle en maths, la taxe de dix dollars à payer au moindre retard, les rats ! Le répertoire à apprendre en un temps record pour la prochaine tournée, le planning des répétitions à consulter tous les jours, avec les changements d'horaires et les distributions, les papiers nécessaires pour la demande de carte verte... Autre chose ! Ruth, la maîtresse de ballet remplacera A.A. à la tête de la compagnie jusqu'à nouvel ordre.

A.A. confirme d'un petit sourire las. C'est trop de déceptions à la fois, je ravale mes larmes comme je peux, remercie encore, me sauve dans l'ascenseur mon contrat à la main qui a perdu tout son sens. Pourquoi la réalité n'est-elle jamais à la hauteur de mes rêves ?

Washington, Boston, Philadelphie, Chicago, Detroit, Minneapolis, Saint Louis, Denver, Boston, Seattle, Los Angeles, San Francisco, San José... De l'Amérique, je vois des avions, des aéroports, des bus Greyhound, des hôtels Hilton et Ramada Inn, des loges, des salles de spectacle et des coffee shops. Ruth semble se demander pourquoi A.A. a engagé cette petite Européenne de dix-neuf ans qui peine à suivre les autres et ne comprend rien de ce qu'on lui dit. Personne ne parle français dans la troupe, mon corps s'adapte difficilement au rythme éprouvant des répétitions et des spectacles à la chaîne, il se révolte à coups de claquages et de contractures. A changer de lit presque tous les soirs, je ne dors plus sans somnifères, ma tête est farcie de musique, de pas, de comptes à en éclater. Je suis trop jeune, trop fragile, trop immature pour survivre dans cette grande compagnie. Je tiens par les nerfs et je vis l'absence de A.A. comme un drame personnel.

J'ai un ami dans la compagnie, Danny C., un petit nouveau lui aussi, natif de Saint Louis du Missouri. Je suis française, Danny est hétérosexuel, une rareté à l'A.A. City Ballet. Notre différence qui nous isole des autres sert notre rapprochement. Danny a vingt ans, il mesure un mètre quatre-vingt-quinze, ce qui l'a fait longtemps hésiter entre la danse et le basket, et c'est un incorrigible bavard qui me fait faire des progrès phénoménaux en anglais. Nous partageons la même loge, la même chambre d'hôtel mais pas le même lit. Une relation d'amitié, exclusivement platonique, qui fait jaser.

Je fête mes vingt ans avec Danny dans un bar de San Francisco, et ce n'est pas un mensonge : je suis vraiment à San Francisco ! C'est soir de relâche, on est le 15 avril 1985, et c'est mon premier anniversaire en Amérique. On se fait une orgie de daiquiri et de *frozen pinacolada.* Danny a l'ivresse intellectuelle, il me relate l'histoire du peuple noir américain, sa douleur, ses révoltes, les meurtres des cagoulés du Ku Klux Klan, les fers, les bastonnades, les crachats, les chiens dressés pour mordre, les maisons incendiées, les Blancs devant dans le bus et les Noirs derrière, Malcom X, Rosa Parks, Martin Luther King et son « *I have a dream...* ». J'ai l'air de quoi avec ma petite histoire de métisse isolée dans sa famille blanche ? Qu'est-ce qu'un après-midi de Noël dans le jardin glacé du Vésinet face aux massacres perpétués par le Ku Klux Klan ?

19

Tokyo, Yokohama, Osaka...

Moscou, Mexico, Buenos Aires... Montréal, Vancouver...

São Paulo, Stockholm, Amsterdam, Rome...

La terre n'est pas si grande pour un danseur. On en fait le tour en quelques pirouettes, les années glissent, on se réveille un jour avec trois ans de plus.

Saison new-yorkaise au City Center. Sur le panneau d'affichage, je me découvre distribuée dans un rôle de soliste. Je suis censée danser *Dark Fire* la dernière semaine de la saison en remplacement de Marla Myers, la grande technicienne de la compagnie. Mazette ! Je suis atterrée par cette belle et rapide promotion qui a tout du cadeau empoisonné. A.A. me place dans une situation délicate, d'autant qu'il rejoue à cache-cache avec ses danseurs. Je le croise par hasard dans un couloir, les yeux vides, le visage gonflé des mauvais jours. Je n'ose pas lui dire que je ne me sens pas à la hauteur de sa confiance.

*

C'est la veille de ma première représentation et Rose m'apparaît en rêve. Elle est au théâtre, assise au premier rang, sur un siège bancal où elle a du mal à tenir en équilibre. Elle écarquille les yeux comme si elle voyait quelque chose de terrifiant, et la sonnerie du téléphone me réveille en sursaut ! C'est Danny qui veut savoir si j'ai lu les journaux. Je lui dis que je viens à peine d'ouvrir les yeux, il me lit l'article en question sur la page spectacle du *New York Times* : A.A. a été arrêté hier soir par la police fédérale pour scandale sur la voie publique. Dans un état d'agitation extrême, il a été transféré dans un centre de soins psychiatrique, pour une durée indéterminée.

Mon prince noir ne me verra pas danser *Dark Fire*, il m'abandonne au moment où j'ai le plus besoin de lui, une histoire qui n'en finit pas de se répéter dans ma vie... Vierge Marie n'a plus le même sourire depuis qu'elle vit à New York. Il a pris un petit côté crâneur *Big Apple* qui ne sait plus me rassurer. J'ai la rage contre ces hommes qui disparaissent et m'abandonnent !

*

Tim est parti répéter. Nous nous retrouverons au théâtre, après la curée... Je ne vais pas sortir de la journée. D'abord il fait trop chaud, New York au mois de juin est une véritable serre, on ne respire pas, et puis je dois garder mon souffle et toute mon énergie pour le combat de ce soir...

Plus le temps passe et plus j'ai peur. Je ne peux rien avaler, pas même un bol de thé, j'essaie de lire, de regarder la télévision, j'écoute Aretha Franklin pour me doper l'adrénaline, « *You better think (think) think about what you're trying to do to me... Yeah, think (think, think), let your mind go, let yourself free* »... Rien à faire, j'ai peur. Je tourne en rond, j'ai mal au ventre, encore une fois j'ai peur. Je regarde les minutes passer sur la pendule en me répétant la même litanie, *pas assez répété, pas prête, pas à la hauteur, distribuée par erreur, erreur, erreur...*

Plus que dix heures d'attente.

Plus que huit.

Plus que six avant le placement lumière.

Encore quatre heures à gamberger, à me voir me rétamer sur scène devant un public hilare. J'ai bien fait de ne rien dire à Ludovic. Je l'inviterai à New York une prochaine fois, pour un autre ballet, et quand A.A. sera là...

Pas assez répété... Pas prête... Pas à la hauteur... *God*, quelle chaleur, à quoi sert ce putain de ventilateur sinon à faire du bruit !

Si j'allais au théâtre ? Le temps de m'échauffer, de me concentrer... Il sera toujours trop tôt. Dans la solitude de la loge, mon trac ne fera qu'empirer.

Si je prenais un cours de jazz ? Me défouler, lâcher mes nerfs sur de la musique *soul* ou *funk*, et tout oublier !

*

Le bitume de New York colle aux semelles comme du caramel. Aretha Franklin me hurle dans les oreilles, « *You need me (need me) and I need you (don't you know)... Without eachother there ain't nothing people can do... Yeah yeah, think about-a-me (what you're trying to do to me)* »... J'envie l'insouciance de ces gosses noirs qui s'amusent à prendre des douches avec l'eau des pompes à incendie. Enfin, un building climatisé ! Je consulte le programme des cours de la journée, une leçon de jazz de niveau avancé commence dans dix minutes. Le temps qu'il me faut pour me mettre en tenue.

Ce n'est qu'une simple classe d'entraînement pour les étudiants boursiers, accompagnée par un batteur. Je me donne à fond, comme si je n'avais plus de spectacle à assurer, la chaleur accentue ma souplesse, mes jambes s'étirent à l'infini, « *Oh freedom (freedom), freedom (freedom), freedom, yeah...* ». Je récolte les regards admiratifs des élèves, leur offre un festival de pirouettes, de battements à l'oreille, de sauts écarts à faire lever le public du City Center d'un seul élan... Et puis c'est le faux pas, stupide comme tous les faux pas. Mon pied qui part à droite, mon genou à gauche dans un craquement sinistre... Une douleur fulgurante m'abat au sol. Je pousse un hurlement à faire éclater les baies vitrées du studio. Le batteur lâche ses baguettes, le professeur son cours, les élèves leur concentration. L'un se précipite dans le couloir pour chercher des glaçons à la machine, les autres forment une ombrelle noire au-dessus de ma tête. Le professeur écarte tout le monde, remonte doucement mon collant sur ma jambe, mon genou est gonflé comme une brioche.

Je dois me mettre debout. Je dois marcher si je veux danser ce soir, sur la scène du City Center. Je prends appui sur l'épaule du professeur, je ne peux faire un pas sans une extrême douleur, mon genou ne me porte plus, c'est fini, je ne danserai pas *Dark Fire* ce soir, à la place de Marla. Quelle idée d'avoir pris un cours de jazz un soir de première... J'ai la rage contre moi-même.

Dans le temple de la grâce, un cygne qui se tord la patte n'est plus qu'un canard boiteux qui embarrasse. Zou, du balai ! *The show must go on !* On me roule au fond du studio en attendant les secours. Le musicien se remet à frapper sur sa batterie, le professeur à compter, les élèves à danser.

*

Tim déboule à l'hôpital, affolé et ulcéré par la réaction de Ruth au téléphone :

– Elle ne m'a même pas demandé si ta blessure était grave ! Elle a dit que tu étais une irresponsable et qu'il y aurait des sanctions.

Je ne réagis pas. Je me suis déjà vidée de toutes mes larmes sur l'épaule de l'interne. Après l'avoir menacé de me suicider si je ne pouvais plus danser, je suis tombée dans un état de sidération étrange proche de la sérénité. Le radiologue revient avec de mauvaises nouvelles : j'ai le ligament croisé du genou arraché, ce qui veut dire opération, longue immobilisation, prise de poids, rééducation avant de me remettre à danser.

Je me moque de Ruth la salope. Rose dit que le hasard n'existe pas, que tout ce qui arrive dans la vie fait partie d'un programme bien défini. J'ai tout à coup la certitude que mon accident devait avoir lieu, que je n'aurais pas pu l'éviter, que je l'ai moi-même provoqué, inconsciemment, pour échapper à la curée... *Dark Fire*, c'était la goutte en trop, celle qui fait déborder le vase.

Je n'en peux plus de me battre, de vouloir sans cesse me justifier, prouver au monde que j'ai le droit d'exister, quémander la reconnaissance et l'approbation des autres... Je veux être en paix, qu'on m'aime telle que je suis, métisse, imparfaite, nerveuse, fragile. Cette volonté, ce contrôle permanent m'épuisent. Je ne sais plus me détendre, je ne vois plus autre chose que mon nombril depuis que je suis danseuse. Maintenant que j'ai une excuse, je vais enfin pouvoir me reposer. Je voudrais pouvoir retourner dans le ventre de ma mère et dormir... Quoique... Dans le ventre de ma mère aussi je devais lutter pour exister.

– Si on rentrait en France après ton opération ? Mon contrat expire dans un mois, tu pourrais faire ta rééducation là-bas, au bord de la mer. L'eau salée, c'est bon pour les articulations. Ou bien à la campagne, en Aveyron, chez cet oncle paysan dont tu me parles sans arrêt, tu sais, le joueur d'accordéon ?

Tim a toujours de bonnes idées. Camille, Alice, Rose, Ludovic, j'aimerais tant vous retrouver ! La danse mange ma vie, et c'est seulement maintenant que je m'en aperçois.

20

Je l'ai vu de loin, avant que le train arrive en gare. Très droit sur le quai, sa pipe entre les dents. Il me regarde descendre du marchepied, mâchoires serrées, puis il vient à ma rencontre :

– Alors, de retour des Amériques !

Nous nous embrassons maladroitement. Ses cheveux grisonnent et commencent à se clairsemer sur le front.

– Ce genou ?

Je soulève mon pantalon et montre ma cicatrice :

– J'ai été opérée il y a seulement un mois et demi et je ne boite presque plus.

Charles-André secoue la tête, dubitatif :

– Doucement tout de même. Ton... ton fiancé n'est pas avec toi ?

– Non, il est chez ses parents en Normandie. Je vous le présenterai une autre fois.

– C'est... c'est du sérieux entre vous ?

– Oui, papa, mais ne me parle pas de mariage ! Nous avons nos carrières à faire.

Charles-André a un demi-sourire. Entre nous, il y a toujours ce malaise indéfinissable, comme si le courant n'arrivait pas à passer, mais après ces années d'éloignement, je vois Charles-André différemment, plus accessible, moins froid que dans mon souvenir.

Nous marchons vers le parking. Charles-André ralentit le pas pour que je puisse le suivre avec mon genou fragile. Il s'installe au volant, se racle la gorge. Tout mon corps se met en alerte.

– Rose est impatiente de te voir. Cela fait des semaines qu'elle ne parle que de ton retour.

– Comment va sa santé ?

Charles-André laisse passer une angoissante minute de silence :

– Sa sclérose en plaques l'a beaucoup diminuée.

Un autre raclement de gorge me fait craindre le pire.

– Notre déménagement à la campagne lui est bénéfique, je crois. Rose a besoin de la nature. Elle est fière de sa maison, mais plus encore de son jardin. Elle m'a fait planter un nombre impressionnant de grands arbres. C'est un peu étrange dans un si petit espace, mais enfin...

Rose m'avait téléphoné la nouvelle à New York tout excitée. Charles-André était muté en Touraine, ils emménageaient dans une maison en bordure de forêt.

Charles-André a changé de marque de voiture. Il conduit une CX bleu métallisé aussi impeccable que sa Ford d'antan. Je parie qu'il passe ses dimanches matin à la briquer avant la sempiternelle promenade en forêt ! Je m'installe à l'arrière, à la place des enfants, sur le poncho bariolé où Rose aimait s'envelopper les soirs d'hiver pour tricoter. Je le porte discrètement à mes narines. Il sent son odeur, pêche, amande et savon de Marseille. Charles-André conduit toujours vite et bien. On ne s'est pas vus depuis des années, mais il ne me dit pas un mot. Je ne sais pas s'il me trouve changée, s'il est content de me voir ou non. Son silence est aussi dense que la forêt que nous traversons. Je retrouve mon anxiété de petite fille mal aimée face à cet homme blindé de l'intérieur. Nous traversons un hameau en bordure de bois. Charles-André se gare devant une maison blanche, pimpante avec ses volets verts. Rose m'attend sur le perron, assise dans un fauteuil roulant.

*

Rose dans un fauteuil roulant comme une handicapée ! Elle ne s'en était pas vantée au téléphone. Je sors de la voiture le cœur à l'envers. Le visage de ma mère s'illumine :

– Minouchette !

J'avais oublié comme elle était jolie en dépit de sa maladie. Rose, c'est la sœur d'Audrey Hepburn, la même beauté, la même finesse de traits, la même structure délicate. Jupe d'écuyère à volants, fard à paupières beige nacré et clips aux oreilles, Rose ne fait pas du tout ses quarante ans. On dirait une jeune fille.

– Tu as fondu ! Ils ne te donnent rien à manger en Amérique ?

J'embrasse ma mère sur le front, pas trop fort pour qu'elle n'étouffe pas. Mon regard glisse sur ses jambes, gonflées, inertes sur le rebord du fauteuil roulant. Quarante ans et Rose ne peut déjà plus marcher !

– Alors, comment tu trouves ma maison ?

– Belle...

– Tu m'as l'air en forme pour quelqu'un qui vient d'être opéré. Montre-moi comment tu marches...

Rose suit mes pas d'un œil attentif, notre V de concentration entre les sourcils. Je l'ai laissée trop longtemps, et je la retrouve clouée dans un fauteuil roulant... Elle applaudit ma prouesse comme si j'étais un bébé qui apprend à marcher :

– Bravo ! Tu ne boites presque plus. Telle que je te connais, tu vas vite te remettre à gigoter.

Rose regarde autour d'elle comme pour s'assurer que Charles-André n'est pas dans les parages, puis elle me fait signe d'approcher, elle a un secret à me confier :

– Tu sais, Minouchette, depuis que je vis à la campagne, j'ai encore plus de visions qu'avant ! Les anges me rendent visite toutes les nuits et je les entends même le jour. Il y a une femme dans le coin que j'aime bien, elle dit que je suis médium. Chaque fois que je lui annonce des choses, elles arrivent ! Ça me fait presque peur... C'est comme pour ton accident, je savais et je m'inquiétais.

Et moi je pense à mon rêve, la veille de la représentation, Rose au théâtre sur son fauteuil branlant, les yeux écarquillés. Ce siège où elle tenait mal en équilibre, ne représentait-il pas son fauteuil roulant ? Et la terreur sur son visage, mon accident dont elle était spectatrice ? Ne serais-je pas médium moi aussi, en digne fille de ma mère ?

– Tu as maigri, mais heureusement, tu as gardé ton gros derrière !

Merci, maman. Comment fait-elle pour rester aussi joyeuse et frivole dans son état ? Rose est clouée dans un fauteuil roulant, mais elle est maquillée et coiffée comme une star, elle ne se laisse pas aller, elle plaisante sur mon derrière comme si rien de grave ne lui était arrivé. Je suis admirative.

– Je vais appeler tes frères et sœurs. Ils sont à l'âge ingrat, je t'avertis ! Benny ? Nicolas ? Baptiste ? Venez ! Votre sœur est arrivée !

Une préadolescente sort de la maison, les cheveux dans les yeux. Elle m'embrasse mollement sur les deux joues :

– Salut...

Je n'y crois pas, c'est Benny, ma petite sœur chérie que je n'ai pas revue depuis... Le portrait de Rose, aussi jolie. Benny ne fait pas long feu, elle repart dans la maison chercher ses deux frères.

– Ta sœur me ressemble physiquement, mais elle a hérité du caractère renfermé de son père, commente Rose à mi-voix.

Deux adolescents boutonneux de la même taille font leur apparition. Ils m'embrassent avec le même embarras :

– Salut...

– Salut...

Puis retournent se calfeutrer bien vite dans la maison.

– Des sauvages, plaisante Rose qui ressent ma déception.

Mes petits frères et sœur... On ne se connaît plus, ils me regardent comme une étrangère, je suis déphasée dans ce lieu inconnu.

*

Je ne retrouve pas ma trace dans cette maison, pas un livre, un cahier, un meuble, un jouet m'ayant appartenu n'ont été conservés, comme si je n'avais jamais fait partie de cette famille.

– Avec le déménagement, beaucoup de choses se sont égarées et puis nous n'avons pas beaucoup d'espaces de rangement, il a fallu faire le tri, s'excuse Rose, pas fière.

Elle m'avait parlé de sa nouvelle maison avec tellement d'emphase au téléphone. Je m'étais imaginé une vraie maison de famille avec des souvenirs, des parfums familiers, un grenier où retrouver le passé. Cette maison neuve est aussi creuse et vide d'âme que ses murs en béton flambant neufs, je n'arrive pas à m'extasier sur sa luminosité ni sur la pendule ancienne chinée dans une brocante de la région, encore moins sur la collection d'animaux empaillés qui trônent sur la cheminée, un renardeau, un écureuil et un épervier qui me fixent de leurs petits yeux ronds de morts-vivants figés dans l'éternité.

– Passons à table ! rugit Charles-André à l'autre bout de la maison.

Pourvu qu'il n'y ait pas de soupe au cresson...

*

Charles-André s'est lassé de Beethoven, il n'en a que pour Maurice Ravel maintenant, son concerto en *ré* « fluide et enlevé ». Rose baisse le son pour qu'on s'entende. Elle a du mal à coordonner ses gestes. Elle en met partout quand elle mange, et sa main a la tremblote au bout de sa fourchette. La sclérose en plaques a fait les choses en grand, la bougresse ! Les jambes de ma mère ne lui suffisent pas, elle veut Rose tout entière.

– Alors, raconte... l'Amérique, me presse Rose, des étoiles plein les yeux.

Je raconte tout ce qui peut faire rêver ma mère qui ne voyage jamais, les lumières et les comédies musicales de Broadway, Central Park romantique sous la neige, avec ses *joggers*, ses calèches, ses écureuils, sa patinoire sortie des contes de Grimm, le grand arbre de Noël de Rockefeller Center... J'enchaîne sur les tournées dans le monde entier, tous ces pays que j'ai visités, les *standing ovations*, les fleurs, les articles de presse, les *parties* dans les villas californiennes... Des petits cœurs de fierté s'allument dans les yeux de Rose, fascinée par mon film. Charles-André est tout ouïe lui aussi, il s'autorise même quelques oh ! et ah ! qu'il camoufle bien vite dans sa serviette. Nicolas et Baptiste ricanent pour mieux masquer leur intérêt. Seule Benny semble s'ennuyer, le regard étiré vers la forêt comme si elle rêvait de s'y perdre. Je n'ai pas terminé mon récit, elle se lève brusquement de table et commence à la débarrasser. Je l'aide et la suis dans la cuisine.

– Alors, Benny, et toi, raconte-moi tout ce que j'ai raté. As-tu un petit copain ?

– Ne te fatigue pas à jouer les grandes sœurs, je n'ai presque pas de souvenirs de toi, me rétorque Benny. Et ne t'imagine pas que c'est ta couleur de peau qui me gêne. Je m'en fiche de ta couleur, même si c'est un sujet tabou dans la famille, un phénomène inexpliqué comme les ovnis. Ce qui me soûle, c'est que le monde s'arrête de tourner parce que Mademoiselle se radine avec sa danse et son Amérique.

Je suis soufflée. C'est Benny qui me parle, ma petite sœur adorée ?

– Mais... pas du tout, Benny, j'ai envie de savoir moi aussi qui tu es, comment tu vis...

– Ah oui, tu veux vraiment le savoir ? Très bien ! Je vais te le dire alors. Je rentre du collège et je retrouve maman par terre nageant dans sa pisse parce qu'elle s'est encore cassé la figure et que personne n'était dans la maison pour la relever. C'est con, la sclérose en plaques, si tu savais ! Ça transforme les gens en légumes et c'est tout l'entourage qui trinque après. Tu veux que je te parle de mes week-ends ? Mes week-ends !... J'aide maman à la maison ou je dors avec elle à l'hôpital parce qu'elle a peur de rester seule, je l'écoute me répéter que sa sclérose en plaques a débuté à ma naissance et que c'est ma faute sa maladie, je la regarde frimer devant les infirmières avec sa fille aînée qui est une grande danseuse en Amérique...

– Benny, pour moi aussi c'était dur...

– Quand tu vivais à la maison, maman n'était pas aussi malade que maintenant, et tu t'es quand même barrée ! Moi, maman, je ne l'ai jamais vue en bonne santé, elle me bouffe ma vie, elle me vole mon père, il n'y en a plus que pour elle et sa fichue maladie ! Les deux garçons sont toujours ensemble, ils s'arrangent pour être loin, mais moi je suis la seule fille maintenant dans cette maison. Je peux te dire que j'attends mes dix-huit ans avec impatience, et je ne ferai pas comme toi, je ne reviendrai jamais, je couperai définitivement les ponts avec cette famille de fous que je porte comme un boulet, vous pourrez tous crever !

Là-dessus, Benny repart dans la salle à manger avec son plateau de fromages.

Elle ne saura jamais combien sa naissance m'a comblée de joie et de fierté. Une petite sœur pour moi, c'était l'Amie pour l'éternité...

*

Le concerto en *ré* absorbe péniblement les bruits de succion et les entrechoquements de verres et de couverts. L'ambiance autour de la table s'est dégonflée comme un soufflé. Rose et Benny chipotent dans leurs assiettes, pâles et nerveuses, l'une prisonnière de sa maladie et l'autre de sa culpabilité. Charles-André et ses fils, des ogres silencieux et voraces qui accumulent les tranches de rosbif et les moitiés de baguette comme s'ils craignaient de manquer. Partager la nourriture semble être la seule forme de communication dans cette maison.

– Maya, je n'ai pas osé te le dire avec ton accident...

Rose teste ma résistance du regard :

– Camille vient de mourir d'un cancer. Il a beaucoup souffert, mais il est parti très vite. Il faudrait que tu appelles Alice.

Je quitte précipitamment la table et me sauve dans la forêt.

« Camille est mort ! Camille est mort ! Camille est mort ! » semblent chanter les arbres, les oiseaux, la nature tout entière. Camille, mon premier homme ; Camille à qui je pouvais tout dire, tout confier. Camille qui avait la vraie intelligence, celle du cœur. Camille que j'ai négligé... Je lui envoyais des cartes postales de mes voyages seulement quand j'y pensais. Pour son dernier anniversaire, au mois de mars, j'avais choisi la statue de la Liberté parce qu'il me disait toujours : « La liberté, Pétassoune, c'est vital pour un être humaing comme l'eau et le paing ! » Camille, maintenant que tu es devenu un ange, tu sais qu'ils existent. Joue-moi un petit air d'accordéon, s'il te plaît, et je danserai pour toi comme la reine de Saba...

Rose voit mes yeux rougis, mes jambes griffées par les ronces. Elle ne dit rien. Je lui annonce que je repars à Paris dès ce soir, je prendrai un train tôt demain matin pour Decazeville, Alice a besoin de moi. Rose soupire tristement :

– J'irais avec toi si je pouvais...

Tout ce qu'on ferait ensemble si tu pouvais marcher, hein, maman ? On ne peut jamais aller nulle part avec ta maladie, tu ne m'as même jamais vue danser sur scène ! Moi aussi je suis en colère, comme Benny. Je cherche les mots qui pourraient nous réconforter toutes les deux, la mère et la fille, et je ne les trouve pas. Il n'y a pas de mots pour ces choses-là. Il faudrait les danser...

Les yeux de Rose se font durs devant mes larmes :

– Je ne veux pas de ta pitié, Minouchette. Chacune son destin. Roule-moi dans ma chambre, j'ai quelque chose pour toi.

Dans sa chambre, Rose commence par me donner des ordres :

– Ouvre l'armoire... Soulève la pile de linge sur l'étagère, non, pas celle-là, celle du milieu... Voilà. Tu vois un cahier noir ?

– Oui.

– Prends-le, remets le linge en place, mieux que ça, Maya ! Tu es toujours aussi bordélique... Bien, referme l'armoire maintenant.

Je lui donne son cahier noir, Rose me le rend timidement :

– C'est pour toi, Maya, un début de livre que je n'ai jamais pu terminer. J'ai trop la tremblote, mes doigts ne peuvent plus tenir un stylo assez longtemps.

Ma mère écrivait et je n'en savais rien ! Je tourne les pages du cahier noir avec respect.

– Il y a des choses qui vont t'étonner là-dedans, depuis le temps que tu me tannes ! Tu vas découvrir ta mère comme je ne me suis jamais racontée. Ne le perds pas, surtout, et n'en parle à personne ! C'est notre secret. Tu promets, Maya ?

Rose et ses secrets... Promis, juré, sur la tête de ma mère !

– Camille est venu me voir en rêve avec son accordéon, il est heureux là où il est et nous demande de ne pas trop le pleurer. Le chagrin des vivants rend les morts malheureux, ils les retiennent sur terre et les empêchent de trouver leur ciel de lumière. Je ne veux pas que tu pleures quand je serai morte, Maya, j'ai envie de rejoindre les anges, moi !

– Tu es trop jeune pour mourir, maman.

– Il n'y a pas d'âge pour mourir, on meurt quand on a fait son temps, c'est tout. Ne t'inquiète pas, je saurai te faire signe du ciel et te botter ton gros derrière quand tu en auras besoin ! Pense à Camille gentiment, revois les jolis moments que vous avez passés ensemble et ça lui fera plaisir. Il continue de veiller sur toi, tu sais. Ce n'est pas loin l'Amérique pour les morts, ils ont des yeux partout. Et puis, tu vas rester en France.

– Certainement pas ! Je rentre en Amérique dès que mon genou sera guéri.

– Reviens avec Tim la prochaine fois. J'ai hâte de le connaître... Tu as des nouvelles de Ludovic, ton professeur de danse ?

– Ludovic ? J'ai essayé de l'appeler deux fois, il est en vacances jusqu'au mois d'octobre d'après son répondeur. C'est bizarre. Habituellement, il reprend toujours ses cours à la rentrée scolaire.

– Débrouille-toi pour le voir avant ton départ. On ne profite jamais assez des gens qu'on aime, et après, c'est trop tard.

Rose me regarde partir, le front haut dans son fauteuil roulant. Benny et les garçons l'entourent, mais pour combien de temps ? Charles-André me ramène à la gare, muet comme à l'aller. Je monte dans le train. Charles-André reste sur le quai jusqu'à mon départ, droit comme un i et cette détresse muette sur le visage que je ne lui avais jamais vue auparavant. Tout le monde souffre dans cette famille... J'attends que le train roule pour sortir le cahier noir. Rose m'ouvre enfin sa boîte à secrets... Cela me fait peur. Je feuillette rapidement le cahier, puis le referme. Se confronter à l'intimité de sa mère n'est pas si facile. Quelle urgence a poussé Rose à écrire sur son enfance, elle qui refusait de se retourner sur son passé ? Son écriture, ronde et appliquée au début, se détériore au fil des pages. La dernière est quasiment illisible, et le récit s'arrête en plein milieu d'une phrase. Je décide de remettre ma lecture au voyage du lendemain, j'ai fait mon plein d'émotion pour la journée.

21

Je ne me rappelle rien avant ce jour où mon frère et moi avons été brutalement séparés. Ma vie a commencé ici, dans ce fourgon de l'assistance publique qui nous amenait Dieu sait où ! J'avais huit ans et mon petit frère Simon, cinq. Il dormait la tête sur mes genoux, ses cheveux blonds en auréole comme un ange innocent. Je me demandais où ce fourgon nous emmenait. La nuque sanguine du chauffeur ne pouvait pas me répondre. Le fourgon s'est arrêté. Le chauffeur a baissé sa vitre pour demander son chemin. J'ai entendu « Rouen », j'ai noté ce nom dans ma tête. On a redémarré, puis on s'est arrêté à nouveau. Je me suis tournée vers la vitre arrière, délicatement, pour ne pas réveiller Simon. J'ai vu deux hommes en blouse blanche sortir d'une grande demeure aux fenêtres grillagées, puis se diriger vers le fourgon d'un pas pressé. Le chauffeur leur a parlé à travers la vitre, puis la portière du fourgon s'est ouverte d'un coup, un des hommes à blouse blanche a arraché Simon de mes genoux et l'a chargé sur son épaule comme un paquet, l'autre est venu chercher sa petite valise, la portière s'est refermée sur moi dans un fracas d'acier.

Ça s'est passé tellement vite ! Je n'ai pas eu le temps de réaliser. Il m'a fallu plusieurs secondes avant de comprendre qu'on venait de me séparer de mon frère comme nous l'avions été de notre mère quelques heures plus tôt. J'ai bondi à genoux sur la banquette et je me suis mise à hurler, le visage écrasé contre la vitre :

– Simon ! Simon ! Mon frère !

Simon pédalait dans le vide sous le bras de l'infirmier. Réveillé en sursaut, il roulait de grands yeux bleus effrayés. C'était rageant de ne rien pouvoir faire, sinon pleurer comme une madeleine derrière la vitre.

– Direction Saint-Nazaire ! s'est exclamé le chauffeur à l'avant du fourgon.

La route s'est déroulée en ruban sous mes yeux. Simon et les infirmiers ont disparu dans une traînée grise. Je suis devenue hystérique. Je me lançais contre la portière, me cognais la tête contre les vitres, prête à tout pour m'échapper de cette prison roulante. J'ai fini par m'endormir sur la banquette, brisée de fatigue et de chagrin.

Je ne sais pas combien de temps j'ai dormi. C'est le sifflotement du chauffeur qui m'a réveillée. J'ai ouvert les yeux sur un ciel bleu comme on en voit rarement à Paris. Je me suis agenouillée sur la banquette dans un demi-sommeil et j'ai poussé un « oh » de surprise devant la beauté du paysage, une prairie vert tendre piquée de fleurs jaunes splendides. Je ne savais pas encore que c'étaient des jonquilles, petite fleur de pavé que j'étais. Soudain, la voix du chauffeur a brisé l'enchantement :

– Te voilà réveillée, petite ? Nous sommes presque arrivés !

Tout m'est revenu, la grande maison aux fenêtres grillagées, Simon en pleurs sous le bras de l'homme en blanc... Je suis retombée sur la banquette, accablée, et je me suis remise à pleurer. Le moteur a crachoté avant de s'éteindre. Un visage de femme est apparu dans l'encadrement de la portière. Grande, brune, altière, un chignon et des pommettes saillantes rougies par le grand air :

– Bonjour, Rose ! Je suis Mademoiselle Joséphine, la directrice des Libellules, l'institution où tu as été placée.

Elle m'a fait descendre du fourgon. Le soleil m'a aveuglée. J'ai mis mes mains devant mes yeux. Quand je les ai retirées, un château de conte de fées se dressait devant moi, avec des tourelles et des murs tapissés de vigne vierge. Des pensionnaires en uniforme jouaient dans la belle clairière aux jonquilles. Leurs rires et leurs exclamations de joie résonnaient au lointain. Affolée, j'ai voulu remonter dans le fourgon, mais la main de Mademoiselle Joséphine s'est posée fermement sur mon épaule :

– N'aie pas peur, Rose. Personne ne te veut du mal. Ici, tu es en sécurité. On m'a chargée de veiller sur toi jusqu'à ta majorité. Tu iras à l'école, au catéchisme, tu auras des amis, tu ne seras plus livrée à toi-même comme à Paris.

A Paris, j'étais avec mon frère... Simon à Rouen, moi à Saint-Nazaire... Je me suis remise à pleurer. Mademoiselle Joséphine n'a pas cherché à me consoler, elle a soulevé ma valise et nous avons marché jusqu'au château. Je montais les marches du perron quand un monstre noir m'a sauté dessus et m'a renversée. Je hurlais de terreur sous l'amas de poils qui m'empêchait de respirer.

– Couché, Bécassin ! a fait Mademoiselle Joséphine d'une voix autoritaire.

Une langue râpeuse m'a léché les oreilles, puis s'est infiltrée dans mon cou. Ça chatouillait tellement que j'ai éclaté de rire à travers mes larmes. Le monstre, c'était un gros chien noir aux poils longs et aux yeux luisants comme des boutons de bottine. Bécassin a été mon premier ami aux Libellules. Depuis, j'ai toujours adoré les chiens.

Dans le vestibule du château, les murs ont commencé à tourner, les paroles de Mademoiselle Joséphine à se brouiller :

– Rose, tu coudras tes initiales... ces patins de feutre. Je ne veux pas... chaussures dans les étages sous peine... sanction immé...

Je n'ai pas entendu la suite, je suis tombée dans les pommes. Quand je suis revenue à moi, Mademoiselle Joséphine voyait des dames partout :

– Dame, te voilà revenue parmi nous ! La suée que tu m'as donnée... J'ai dû te faire du bouche-à-bouche. Tu reprends des couleurs, je vois que ça va mieux... Dame, tu m'as l'air d'avoir une petite santé ! Il va falloir qu'on te surveille de près. La fatigue du voyage, le choc du grand air, les petits citadins sont toujours surpris par l'oxygène qu'il y a ici. A moins que... Dame oui ! Tu dois mourir de faim après ce long trajet.

Je la laissais parler mais je n'avais pas faim du tout, je voulais rentrer à Paris retrouver ma mère, mon frère, et que l'Autre ne vive plus jamais avec nous...

Les murs ne tournaient plus. Mademoiselle Joséphine m'a aidée à me remettre sur mes jambes :

– A la bonne heure ! Je vais te montrer ton dortoir et te présenter à ta monitrice, puis tu iras prendre un bon goûter au réfectoire.

Des pièces en enfilade, un dédale de couloirs et d'escaliers sur quatre étages, ce château, c'était un labyrinthe ! Mademoiselle Joséphine a poussé une porte à double battant :

– Ton dortoir, Rose !

C'était moche. Une salle immense et toute en longueur avec un plafond trop haut. Deux rangées de lits se faisaient face, collés les uns aux autres, et chacun avait son crucifix. Joséphine a désigné le dernier lit de la rangée de droite, tout près de la fenêtre :

– Tu dormiras là-bas...

Je me suis dit « chouette, ça va être plus facile pour m'échapper ».

Une petite femme maigre est entrée par une porte dérobée. Vilaine ! Une espèce de bonne sœur avec une croix en bois qui battait sur sa poitrine plate et des bas noirs grossiers qui godillaient sur ses mollets de coq. Mademoiselle Joséphine a fait les présentations :

– Rose, ta monitrice, Mademoiselle Gabrielle !

De près, elle était encore plus hideuse, avec de la moustache, une bouche sans lèvres et des yeux fouineurs. Une vraie caricature de méchante.

– Bienvenue parmi nous, Rose, a fait la méchante d'une voix doucereuse qui ne m'inspirait aucune confiance.

– Elle est un peu fatiguée après ce long voyage. Je vous laisse, je vous retrouverai pour la douche.

Mademoiselle Joséphine a quitté le dortoir. J'écoutais avec angoisse ses semelles de crêpe couiner et s'éloigner sur le plancher ciré.

Les bras dans le dos, Mademoiselle Gabrielle s'est mise à marcher autour de moi comme un rapace autour de sa proie. Elle a repris sa voix normale, sèche et sévère comme je m'y attendais :

– Bien ! Pour commencer, tu vas faire ton lit. Tu trouveras ce qu'il faut dans ce placard, draps, housse de traversin, couverture. Je vais rassembler les enfants au réfectoire pour le goûter. A mon retour, ton lit doit être fait !

Elle a tourné les talons et m'a laissée seule dans le dortoir, désemparée. Je ne savais pas faire un lit, personne ne m'avait appris. A Paris, mon frère et moi dormions par terre, avec une couverture par temps froid. On changeait tout le temps de maison, dès que l'Autre n'avait plus d'argent pour payer la chambre parce qu'il l'avait bu ou joué aux cartes...

Mes doigts s'empêtraient dans ces grands draps rêches qui se dérobaient dès que j'en trouvais le bon sens. Ça m'a vite tapé sur le système. J'ai jeté les draps en vrac sur le lit et j'ai tiré la couverture par-dessus, ni vu ni connu. Puis je me suis assise sur le lit d'en face et j'ai pensé à Simon, tout seul lui aussi, dans la grande maison aux fenêtres grillagées. Comment allait-il se débrouiller sans sa sœur pour le protéger ? Il fallait absolument que je m'évade de ce château. Rouen ne devait pas être si éloigné de Saint-Nazaire. J'avais du mal à me rendre compte de la distance, j'avais dormi presque tout le voyage.

Les murs ont recommencé à gondoler autour de moi. J'ai couru ouvrir la fenêtre et j'ai respiré de grandes goulées d'air frais qui m'ont fait tourner la tête. J'admirais le parc en même temps, un vrai paradis avec ces pins d'un vert presque noir et ces arbustes en fleurs. C'était beau à en oublier les circonstances dramatiques qui m'avaient menée jusqu'ici. Puis Simon m'est revenu à l'esprit. Je me suis penchée à la fenêtre pour évaluer la hauteur, je ne pouvais pas sauter sans me rompre le cou. J'ai cherché une issue plus facile dans le dortoir, puis dans le couloir, et je me suis cognée à Mademoiselle Gabrielle, de retour du réfectoire. Je lui ai montré mon lit qu'elle a saccagé. Draps, couverture, traversin, tout a volé sur le plancher :

– Recommence !

Comme ça, cinq fois de suite, jusqu'à ce que mon lit lui convienne. Mademoiselle Joséphine est revenue dans le dortoir pour la douche, Mademoiselle Gabrielle a retrouvé sa voix de sainte nitouche.

Je n'avais jamais pris de douche de ma vie. A Paris, je me lavais au robinet ou dans une bassine, quand je me lavais. J'avais peur de me noyer sous cette trombe d'eau. Je faisais des sauts de carpe, je suffoquais, me débattais. Mademoiselle Joséphine s'efforçait de me maintenir sous le jet, le corsage inondé. Puis elles m'ont lavé la tête à la Marie-Rose. J'avais des poux et elles en faisaient toute une histoire ! A Paris, j'aimais bien chercher les poux dans la tête de mon frère. Simon s'asseyait entre mes jambes sur le trottoir. Les poux se voyaient bien dans ses cheveux blonds et fins. Je repérais le plus gras, le coinçais entre mes ongles et le faisais claquer dans un petit bruit mat qui me mettait en joie. C'était un jeu comme un autre qui avait le mérite de nous tenir occupés longtemps quand il n'y avait rien d'autre à faire.

Elles m'ont fait asseoir sur un banc, le corps enroulé d'une serviette. Mademoiselle Joséphine a passé sa main dans mes cheveux humides :

– Rose, les cheveux longs, c'est compliqué à entretenir dans une collectivité. Je vais te les couper.

J'ai voulu m'enfuir, mais j'ai glissé sur le carrelage. Mademoiselle Gabrielle m'a fait rasseoir sur le banc et elle m'a tenu les mains dans le dos pendant que Mademoiselle Joséphine me ratiboisait. J'entendais le cliquetis des ciseaux, puis je voyais mes beaux cheveux, qui faisaient la fierté de ma mère, se répandre en flocons sur le carrelage comme de la neige noire.

C'est une autre Rose qui se présente au réfectoire, les cheveux raccourcis d'une bonne dizaine de centimètres et flottant dans l'uniforme des Libellules pour les filles : une robe-tablier gris foncé et des brodequins en cuir marron.

– Mes enfants, je vous présente une nouvelle petite sœur ! fait Joséphine d'une voix forte pour l'assemblée d'enfants réunis autour des tables.

Cinquante paires d'yeux curieux se braquent sur moi.

– Elle s'appelle Rose Verdier et nous vient de Paris. Qui va lui chercher une serviette de table ?

Plusieurs doigts se lèvent en même temps.

– Colette, puisque tu es près du bahut. Y a-t-il une place libre quelque part ?

– Moi ! fait une petite voix au fond du réfectoire.

Tous les enfants se mettent à rire. Mademoiselle Joséphine frappe dans ses mains, les rires s'éteignent.

– Rose, va t'asseoir près de Pierrot.

Je traverse le réfectoire d'un pas d'automate, gênée d'être le centre d'attention. Un garçonnet aux cheveux rouges se lève du banc pour me laisser passer. Il empeste l'urine. L'odeur domine celle du chocolat chaud qui fume sur la table, dans un broc en fer-blanc. Une grosse fille à lunettes s'approche en jouant au Yo-Yo avec deux serviettes de couleur :

– Tu veux laquelle, la rouge ou la bleue ?

Je n'en ai aucune idée. Tout ce que je veux, c'est quitter ce château et retrouver mon frère.

– Donne-lui la rouge, c'est plus joli pour les filles, tranche Pierrot pour moi.

– Toi, le pisseux, on ne t'a pas sonné ! C'est à la nouvelle de décider, le rembarre Colette.

Ça ne me plaît pas, comme si on insultait Simon. Je répète comme Pierrot :

– Donne-moi la rouge, c'est plus joli pour les filles.

Pierrot et moi échangeons un regard complice qui déplaît à Colette. Elle me lance la serviette rouge à la figure, puis elle retourne à sa table en roulant du postérieur.

Mademoiselle Joséphine suit les opérations de loin.

– Lorsque les bols seront vides, les bouts de table les empileront dans le monte-charge. Le goûter se fait en...

– Silence ! lui répondent cinquante voix à l'unisson.

Mademoiselle Joséphine quitte le réfectoire. Tout le monde parle en même temps.

Je ne peux rien manger, j'ai une boule dans la gorge. Je pense à ma famille éparpillée comme les fleurs d'un bouquet, maman à Paris, Simon à Rouen, Marceline chez grand-mère. De grosses larmes roulent sur mes joues. Je les regarde distraitement s'écraser dans le chocolat qui se fige dans mon bol. Il faut que je sorte de ce château où j'étouffe déjà, mais comment ? Il y a trop de murs, de grilles, de portes, de limites partout. A Paris, je passais mes journées dans la rue, j'étais libre !

Pierrot m'observe à la dérobée, il pue le pipi, mais il est gentil. Ça le désole que je ne touche pas à ma tartine, mais il est très content quand je la lui donne. Pierrot la mange comme un goulu, puis il me dit, la bouche pleine :

– C'est toujours comme ça au début. Après, ça passe... Moi aussi j'étais triste et je ne voulais rien manger, j'avais peur de tout, des arbres, de la cloche, du chien, des enfants...

– Ouais, même tu pissais toujours dans ton froc ! se moque une voix derrière nous.

Je prends la défense de Pierrot :

– La ferme, derrière ! On n'aime pas les espions.

A Paris, je me battais avec des gamins plus grands que moi qui traitaient Simon de « taré ». La cloche sonne la fin du goûter. Les enfants se regroupent en rang, je suis le mouvement, Pierrot se lève le dernier du banc, les genoux bien serrés pour cacher la grosse tache humide au fond de son pantalon.

22

Je suis à Decazeville et je n'ai rien vu du voyage ! Le cahier noir m'a absorbée. On ne pense jamais que nos mères ont d'abord été des petites filles. Je suis toujours aux Libellules et j'ai le cœur serré. Je pense aux premières nuits de Rose dans ce grand dortoir aux crucifix, loin de son frère, de sa mère. Sa mère, Marthe la cloche ? Et l'Autre, Jules le camelot qui buvait trop ? Rose le décrit comme s'il n'était pas son père. Pourquoi Marceline vit chez sa grand-mère et pas Rose et Simon ? Pourquoi sont-ils allés dans des orphelinats si leur mère n'était pas morte ? Pourquoi Rose ne m'a jamais parlé de son frère ? Pourquoi tous ces mystères ?

Je prends le car pour Cransac. Je n'ai pas voulu infliger à Alice la fatigue supplémentaire de venir me chercher à la gare, celle du deuil lui suffit... Je retrouve avec émotion les courbes douces de l'Aveyron, ses plateaux, ses vallons, l'acceng chantang de ses habitang. A Cransac, je prends un autre car qui s'arrête à Auzits. Le chauffeur connaît « la Nogarède », il m'arrête en bas du chemin, que je voyais beaucoup plus long et pentu. La maison aussi a rétréci, et où sont le potager et le verger de mon enfance ? Le jardin se résume à des bordures de marguerites, un prunier malade, deux cognassiers faméliques, le puits est couvert de mousse, le petit pré noyé sous les broussailles. Camille devait être malade depuis longtemps...

Alice m'a entendue arriver, elle accourt sur la terrasse, grasse comme une caille dans sa robe à fleurettes et des mèches blanches plein les cheveux :

– Quelle belle jeune femme ! Mon Camille serait fier s'il te voyait...

Le menton d'Alice se met à trembler. Elle s'écroule dans mes bras, en pleurs. Je ne sais pas comment la consoler :

– Camille est là, Alice, avec nous, je t'assure ! C'est lui qui m'a soufflé de venir te voir.

Alice aimerait tellement me croire... Elle s'excuse pour le jardin :

– Tout cela devenait fatigant à entretenir, et maintenant que je suis toute seule... Regarde comme ce banc grisonne. Il faudrait le frotter à la paille de fer, si seulement j'en avais le courage.

Alice glisse frileusement son bras sous le mien et ferme les yeux pour contrer la vague de chagrin qui l'emporte, puis ses joues retrouvent des couleurs :

– Il faisait tant de projets avant sa maladie ! Détruire le poulailler, remplacer les toilettes en planches par des sanitaires en dur... Il voulait se moderniser lui aussi, comme ces michelines remplacées par des trains à grande vitesse. Tu te souviens de la micheline de 4 heures, Maya, comme tu aimais faire coucou aux voyageurs ? Il ne fallait surtout pas rater ça !

Le regard d'Alice se perd dans la vallée, mélancolique :

– La première fois que tu es venue ici, tu avais cinq ans et tu es restée deux mois. Je n'ai jamais vu Camille aussi heureux, même avec Gaby, son propre fils. Tu étais sa reine de Saba, il ne voyait que par toi.

Il n'y a aucun reproche dans sa voix, juste de la nostalgie.

La maison a gardé cette bonne odeur de pommes blettes et de bois brûlé qui m'évoque la campagne. Les casseroles pendent du plafond comme avant, la table est dressée pour deux sur la toile cirée...

– Maya, devine ce que j'ai préparé à dîner ? Du civet !

Un trait de famille : rire même quand on a du chagrin. Alice m'a préparé des truites aux amandes, je les mange comme si je les avais pêchées avec Camille. Nous débouchons une bonne bouteille de la cave. On est tristes, mais on ne se laisse pas abattre, on pleure, on lève son verre en l'honneur du mort en caressant des yeux son accordéon posé sur un guéridon avec les coupes de l'Amicale des boulistes.

Après dîner, Alice dépose une boîte à chaussures sur la table et l'ouvre dans un nuage de poussière :

– Je vais te faire rire...

Elle me montre des photos de moi à tous les âges, Rose lui en envoyait régulièrement. Moi à cinq ans, habillée en poupée de foire, gants blancs et chignon sur la tête. Moi à dix ans, en danseuse romantique, tutu, chaussons de pointe, genou à terre et mains croisées sur la poitrine ; à treize ans, la bouche grillagée d'un appareil pour resserrer mes dents du bonheur ; à quinze, l'œil sombre et la lippe mauvaise de l'adolescente révoltée... Toute une vie. Je pioche dans la boîte au hasard :

– Et cette dame avec le chapeau noir, qui est-ce ? Elle n'a pas l'air commode !

Alice éclate de rire :

– C'est ma mère, ma chérie, Berthe Kerform, ton arrière-grand-mère !

– Berthe la caboche !

– Ça oui, une vraie caboche de Bretonne ! Attends, je vais te montrer toute notre petite famille...

Alice prend autant de plaisir que moi à fouiller le passé. Elle sort une vieille photographie couleur sépia :

– *Paris 13 juillet 1930*, tu imagines ? Nous sommes en 1986 ! On portait de drôles de bibis à l'époque. Reconnais-tu ton arrière-grand-mère, ma chérie ?

– C'est la dame au menton volontaire ?
– Bravo ! Et la jeune fille à côté ?
– C'est toi, Alice.
– Bien ! La grande pimbêche à droite, tu ne la connais pas, c'est Lise, ma sœur aînée, et la petite à côté d'elle, avec le béret incliné, c'est Marthe, ta grand-mère.

J'arrache la photographie des doigts d'Alice. Cette jeune Bretonne blonde avec son béret, sa robe à col marin et ses chaussures à brides, la mère de ma mère ?

– Tu n'aurais pas une photo plus grande ?

Alice replonge dans sa boîte à chaussures.

– Tiens... Marthe le jour de son mariage avec Jules...

Ma grand-mère en mariée. On dirait une communiante avec ses joues rondes et sa couronne de fleurs d'oranger. Elle a les yeux clairs, bleus ou verts, on ne voit pas sur la photo noir et blanc, l'homme à côté d'elle, c'est Jules le camelot, l'Autre du cahier noir de Rose... Une blondeur de Viking, des épaules de camionneur, une mâchoire carrée d'acteur américain, des yeux bleus myopes comme ceux de Marceline. Où Rose a-t-elle pêché sa chevelure et ses yeux de sultane ?

– Jules, c'est mon grand-père ?

Alice se trouble :

– Euh, non, pas exactement, ma chérie. C'est le père de Marceline, mais pas celui de Rose... Ce n'est pas simple à expliquer, mais je vais essayer...

Il est presque minuit. Jules n'est pas mon grand-père. Il a reconnu Rose sous son nom comme Charles-André l'a fait avec moi, mais il n'est pas son vrai père. Marthe a rencontré Jules à Paris. Il faisait le camelot dans le métro, « approchez jolies marquises ! »... Elle s'est approchée de lui si près que Jules l'a épousée.

– C'était un bohême, un instable comme notre père que Marthe n'avait pas connu, elle non plus. Il est mort quand elle était bébé. Elle a répété l'histoire de nos parents en se mariant avec ce bon à rien de Jules, mais

Marthe n'avait pas la force de notre mère qui nous a élevés à la force du poignet comme on dit. Marthe était fragile, candide, et si amoureuse ! Elle s'est laissé envoûter, puis détruire par son mari. Quand Marceline est née, pendant les bombardements, je suis allée voir Marthe à l'hôpital, elle était en larmes parce que Jules ne voulait pas garder l'enfant auprès d'eux, il disait que c'était dangereux et que la chambre d'hôtel était trop petite...

Alice a un haussement d'épaules désabusé :

– C'était un égoïste, c'est tout. Il a obligé Marthe à donner Marceline à notre mère, en attente de jours meilleurs qui ne sont jamais venus. Marthe n'osait pas tenir tête à son mari, elle avait peur de lui. Un jour, Jules a perdu une grosse somme d'argent au poker face à un étranger, et comme il ne pouvait pas le rembourser... J'ai honte de te raconter des horreurs pareilles...

– Alice !

– ... Il ne pouvait pas payer sa dette de jeu, alors il a proposé sa femme en échange, si tu vois ce que je veux dire. L'étranger a accepté le marché. Je crois que c'était un Hongrois, ou un Russe, quelque chose comme ça, mais je me demande s'il n'avait pas aussi des liens avec la Turquie... Ma mémoire commence à me jouer des tours, c'est que je me fais vieille ! Marthe m'a raconté cette histoire il y a des années. J'étais la seule à être dans la confidence. Je ne sais pas ce que Jules lui a dit, comment il lui a présenté les choses, s'il l'a menacée ou non, mais Marthe est allée voir l'étranger pour payer la dette de son mari « en nature ». Rose est née neuf mois plus tard, le 8 mai 1945, jour de la Libération de Paris ! C'était extraordinaire... Des feux d'artifice bleu, blanc, rouge pétaradaient dans le ciel, on riait, pleurait de joie, dansait à tous les coins de rue... Ta grand-mère faisait un fox-trot endiablé dans les bras d'un soldat américain quand elle a perdu les eaux. Il a fallu la conduire à la maternité dans une ville complètement bloquée. Rose est quasiment née sur les marches de l'hôpital de l'Hôtel-Dieu, avec des yeux et des cheveux noirs comme personne n'en avait dans la famille ! Jules a vite compris que Rose n'était pas sa fille, mais celle du Hongrois. Il lui a donné son nom par la force des choses, mais il ne l'a jamais aimée, il ne voyait que par Marceline, qui était sa vraie fille, même s'il ne s'en est pas plus occupé ! Marceline n'a jamais vécu avec ses parents, c'est ma mère qui l'a élevée, mais Rose n'a pas eu sa chance... Jules se vengeait de l'étranger en la martyrisant, Marthe n'avait pas toujours la force de protéger sa fille. Une fois, tout de même, elle a réagi. Jules avait blessé Rose au genou avec un canif, Marthe s'est sauvée avec Rose et elle est venue se réfugier chez notre mère. Nous avons tout tenté pour qu'elle quitte son mari, elle pouvait recommencer sa vie avec ses deux filles comme maman l'avait fait avec nous après le deuil de papa. Mais non, un mois plus tard, ta grand-mère était retournée vivre avec son mari, elle l'avait dans la peau que veux-tu... Rose a suivi sa mère, Jules a continué sa vie de patachon... Tout l'argent qu'il gagnait passait dans le jeu et l'alcool. Ils vivaient dans des hôtels miteux d'où ils s'échappaient en pleine nuit quand ils n'avaient plus de quoi payer la chambre... Tu parles d'une vie pour une petite fille ! Ta mère en est restée marquée... Le pire, c'est quand Marthe a suivi Jules sur la pente glissante de la bibine. Elle est tombée enceinte de Simon, né déficient mental à cause de l'alcoolisme de ses parents. Après, ça été n'importe quoi. Rose et Simon étaient livrés à eux-mêmes toute la journée pendant que leurs parents faisaient la tournée des bars, les commerçants du quartier ont signalé leur cas aux services sociaux, Jules et Marthe ont été destitués de leurs droits parentaux, Rose a été placée dans une institution publique à Saint-Nazaire, Simon à l'asile psychiatrique de Rouen, Marceline est restée à Paris chez ma mère... Voilà la triste histoire de ta maman, ma chérie. Lise et moi faisions notre vie en Aveyron avec nos époux et nos enfants respectifs, nous avons laissé faire. Nous aurions pu prendre un enfant chacune, mais nous n'avons pas bougé, et je m'en veux encore. Rose était très attachée à son frère débile. Elle le protégeait mieux que leur propre mère. Je pense qu'elle ne s'est jamais relevée de sa mort, et que la maladie en a profité pour s'installer.

*

La gnôle d'Alice me tourne la tête. Je crois bien que ma truite aux amandes va terminer sa migration dans les buissons du jardin. A moins que ce soit mon grand-père, l'étranger, qui me pèse sur l'estomac. Je suis la petite-fille d'un roi africain et celle d'un joueur de poker slave. Je suis le fruit d'un viol et ma mère celui d'une dette de jeu. Zola n'aurait pu imaginer mieux ! Je vais devoir ajouter un nouveau pays à ma géographie génétique, mais lequel : la Hongrie et la Turquie ? La Russie et la Turquie ? Berthe la têtue, Marthe la paumée, Rose l'enfant martyr... Je n'aurais pas existé sans la souffrance de ces trois femmes. Le principe de la répétition familiale me saute aux yeux tout à coup. Ma grand-mère, ma mère, et moi n'avons pas connu notre père. Rose et moi avons eu un père biologique étranger et un autre français, qui nous a reconnues sous son nom. Marthe, ma grand-mère, et Rose ma mère, ont conçu toutes deux une fille détentrice et révélatrice de leur problème d'identité. Depuis trois générations, les femmes de ma famille sont enfermées dans leurs secrets et tentent d'exprimer leurs interrogations à travers leur progéniture, quitte à reproduire les mêmes erreurs que leurs aînées. Je suis la quatrième génération. Je vais stopper cette machine infernale. Aucun homme ne pourra me détruire. Promis, juré, sur la tête de Rose, Marthe et Berthe réunies ! Je suis trop en ébullition pour dormir. Je reprends ma lecture du cahier noir sous ce nouvel éclairage avec d'autant plus de curiosité...

23

La deux-chevaux de Joséphine pile sec sur le gravier. Alice sort de la voiture toute pomponnée. La première personne de ma famille à venir me voir aux Libellules après de longs mois de solitude ! Je cours me blottir dans les bras de ma tante. Alice me couvre de baisers :

– Ma petite Rose, tu es en pleine forme, je suis contente ! J'ai laissé Gaby et Camille à la maison, entre hommes, mais ils t'embrassent bien. Grand-mère Berthe n'a pas pu faire le voyage avec ses mauvaises jambes, mais elle pense bien à toi. Devine qui est venu avec moi ?

Mon cœur se soulève de joie. Je vais enfin revoir Simon, mon petit ange ! Alice s'écarte, je vois une grande fille aux longues nattes sortir nonchalamment de la voiture. C'est Marceline, ma sœur aînée qui vit chez notre grand-mère. Je suis déçue, mais contente quand même. Marceline me donne un baiser brutal sur le front. Je vois bien qu'elle est heureuse de me voir, mais qu'elle ne veut surtout pas le montrer. Elle commence par me dire une gentillesse :

– Tu ne ressembles à rien avec ces cheveux courts. On dirait un garçon manqué.

Elle lève des yeux envieux sur le château :

– Eh ben, dis donc, on ne se refuse rien ! Grand-mère Berthe qui pleure parce qu'elle te croit malheureuse, je vais lui dire de ranger ses mouchoirs.

Je pérorais. Habituellement, c'était moi qui enviais Marceline, toujours plus propre et mieux habillée que moi. Lorsque Simon et moi nous rendions chez grand-mère Berthe, nous n'entendions parler que des bonnes notes de Marceline, de l'intelligence de Marceline, du sérieux de Marceline, comme si Marceline n'avait que des qualités et nous que des défauts ! Grand-mère Berthe ne m'aimait pas trop. Elle disait que je jurais comme un charretier et que j'étais menteuse « à faire battre deux montagnes », et elle ne pouvait pas regarder Simon sans se signer.

Je continue à faire bicher Marceline :

– Il y a aussi des balançoires, une chapelle pour les enfants, une mare aux canards, un verger, un potager avec des citrouilles grosses comme...

Mademoiselle Joséphine me freine dans ma lancée :

– Rose, si tu emmenais ta sœur goûter au réfectoire ?

Maintenant que nous sommes seules, je peux poser à Marceline toutes les questions qui me brûlent la langue :

– Tu as des nouvelles de Simon ? Et maman, comment elle va ?

Marceline fait sa mauvaise tête :

– Je ne sais pas de qui tu parles. Moi, je n'ai qu'une grand-mère.

Marceline m'en a toujours voulu parce que je vivais avec notre mère et elle pas.

Nous allons goûter au réfectoire. Il y fait frais, c'est bien agréable avec cette chaleur. Je voudrais présenter Pierrot à Marceline, mais je ne le trouve nulle part. Il a dû encore mouiller son lit et se faire punir de goûter par Mademoiselle Joséphine...

Marceline ronchonne. Le beurre est trop salé, le pain trop lourd, les enfants trop bruyants. Elle exige de la confiture alors qu'on n'en sert que le dimanche, puis elle décrète qu'elle veut visiter « mon château » même si la cloche n'a pas sonné ! Je désobéis pour lui faire plaisir. Nous quittons le réfectoire sous les yeux réprobateurs des autres pension-

naires et nous allons nous perdre dans les étages. Marceline refuse les patins obligatoires, cette butée. Je lui montre mes dessins sur le mur, elle me rit au nez :

– Enfin, Rose, où as-tu vu des canards mauves ?

– Dans mes rêves !

– Quand je te dis que tu n'as pas les pieds sur terre. C'est quoi derrière cette porte ?

– La lingerie.

– Et là ? On entend parler...

– Chut ! C'est le bureau de la directrice.

Ma sœur et moi échangeons un regard diabolique. Nous nous comprenions très bien pour les bêtises. La voix de Joséphine traverse la porte sans difficulté malgré l'épaisseur du bois.

– ... encore très perturbée. Je ne suis pas certaine qu'elle supporte la vérité. De quoi est mort ce pauvre enfant ?

– Du croup. Il s'est étouffé.

– Dame ! La mère a réagi comment ?

– Marthe n'est plus que l'ombre d'elle-même. Elle n'est pas venue à l'enterrement de son petit.

– Et le père ?

– Il devait être ivre mort à l'heure de la mise en bière !

– Dame ! Quelle misère ! Laissons Rose dans l'ignorance de la mort de son frère. On lui apprendra plus tard, quand elle sera plus grande et plus forte. Dame, la mort est une chose bien abstraite pour les enfants.

– Rose est très fine, elle sent les choses avant qu'on les lui dise.

– La grande sœur sait ? Il ne faudrait pas qu'elle vende la mèche...

– Non. Ma mère a toujours tenu Marceline à l'écart des problèmes de sa famille, afin de préserver son équilibre.

– Une sage décision ! Ce n'est pas comme notre pauvre Rose qui fait cauchemar sur cauchemar. L'autre soir, je l'ai retrouvée dans l'escalier en pleine nuit, tout habillée. Elle voulait s'enfuir du château pour chercher son frère à Rouen,

son obsession ! En revanche, elle me parle moins de sa sœur.

– C'est normal, elles n'ont pas été élevées ensemble et elles sont tout l'opposé… J'avais promis à leur mère de tenir ma langue mais vu les circonstances… Rose et Marceline sont demi-sœurs. Jules n'est pas le père de Rose.

Je sens que je vais partir, m'écrouler d'un moment à l'autre. Soudain, une voix enfantine crie derrière nous :

– Je vais le dire que vous écoutez aux portes !

Marceline et moi nous retournons promptement. Une ombre fugitive se carapate dans l'escalier. Marceline s'élance à sa poursuite avant qu'elle nous dénonce. Je reste paralysée contre la porte.

*

Une bonne odeur de café flotte dans la cuisine. Alice s'active, les cheveux sagement ramassés en bandeaux. Une fouace bien fraîche m'attend sur la toile cirée. Je m'en veux d'avoir raté le passage du boulanger dans sa camionnette. Alice m'embrasse tendrement sur le nez :

– Je vois que tu as bien dormi, ma puce, je suis contente ! Je m'en veux, tu sais, j'ai été trop bavarde hier soir. La gnôle, tout ce vin que nous avons bu à table en l'honneur de Camille m'ont délié la langue… Tu n'es pas venue d'Amérique pour entendre ces vilaines histoires.

– Pas du tout, Alice, cela m'a fait très plaisir au contraire ! Les secrets font plus mal que la vérité.

– Pas toujours, ma chérie, pas toujours… Je sais bien de quoi tu veux parler, et je me sens un peu responsable là aussi. On en a souvent parlé avec Camille. On était tentés de répondre à tes questions sur ta couleur de peau, on voyait bien que ça te rendait malheureuse d'être différente des autres, mais il fallait aussi respecter les exigences de ta tante et de ta mère. Il faut se remettre dans le contexte de l'époque, aujourd'hui, c'est courant une mère célibataire, ça ne choque plus personne, mais du temps de la jeunesse de ta mère, dans les années 60, c'était la honte ! La mère était une putain et son enfant un bâtard.

– Un bâtard à moitié noir, en plus. Finalement, maman n'a pas eu tellement plus de chance que sa mère... J'aurais bien aimé connaître ma grand-mère. Dommage qu'elle soit morte.

– Puisque tu veux la vérité, je vais te la dire jusqu'au bout : Marthe n'est pas morte, elle vit tout près d'ici, à Rodez, dans une maison de retraite. Après la mort de Jules, en 1978, elle a disparu de la circulation et nous n'avons plus eu de ses nouvelles, et puis je l'ai retrouvée il y a quelques années, peu de temps avant la maladie de Camille. Ta grand-mère est une femme brisée, bourrée de culpabilité, aveugle à cause d'une cataracte. Elle n'a jamais revu ses enfants depuis leur placement en institution publique, et Rose et Marceline ne veulent pas entendre parler d'elle, ce que je peux comprendre, même si ça me fait de la peine. J'ai réussi à convaincre ta grand-mère de descendre en Aveyron pour être plus proche de nous, ce qui n'a pas été une mince affaire ! Je l'aurais bien installée ici, mais cela n'aurait pas marché avec Camille, il n'a jamais accepté que Marthe ait sacrifié ses enfants par amour pour son mari... J'ai trouvé cette maison de retraite à Rodez où elle finit ses jours dans une paix toute relative. Marthe s'est murée dans le silence et ne veut plus voir personne. Tu serais très déçue si tu la rencontrais.

24

Je traverse la France dans l'autre sens. Le cahier noir m'appelle. Rose apprend la mort de son frère derrière la porte du bureau de Joséphine...

Quand j'ai su pour Simon, quelque chose en moi s'est transformé. Je suis devenue beaucoup plus sensible et j'ai commencé à voir et à ressentir des choses étranges. Par exemple, quand je faisais une partie de cartes avec mes camarades pensionnaires, je devinais leur jeu avant qu'elles l'abattent, ou je le découvrais en transparence ! Je me réveillais angoissée, persuadée qu'un événement fâcheux allait survenir dans la journée, et il se produisait ! Je me promenais tranquillement dans le parc, et tout à coup une image s'imposait à moi avec la fulgurance d'un flash, j'étais le témoin d'une scène que je voyais éclater dans la réalité, des jours, des semaines ou des mois plus tard. Je n'avais pas besoin de pousser les volets du dortoir pour savoir quel temps il faisait, une subtilité dans l'atmosphère me renseignait dès que j'ouvrais l'œil. Je prévenais Mademoiselle Joséphine que nous n'allions pas pouvoir faire cette promenade sur la plage de Pornic qu'elle avait prévue, une avarie de car allait nous immobiliser sur la route. Mademoiselle Joséphine refusait d'écouter mes « sornettes », et puis tout se passait exactement comme je l'avais prédit ! Elle a fini par me prendre au sérieux. Après, elle ne faisait plus rien sans tester mon ressenti à l'avance : « Dis voir, ma petite Rose, la kermesse va bien se passer au moins ? » Je n'avais pas besoin de me concentrer pour lui donner ma réponse : « Mademoiselle, ce paysan vous ment, c'est lui qui a enlevé le fil barbelé du pré pour y faire paître ses vaches et non les pensionnaires comme il le prétend ! Regardez sa main droite, elle est griffée par les fils barbelés. » Joséphine vérifiait et j'avais encore raison.

Ce don de prémonition était aussi très handicapant. J'étais parasitée par des émotions, des préoccupations qui n'étaient pas les miennes, et mes voyages dans l'espace-temps épuisaient mes nerfs fragiles. Heureusement, Simon venait m'apaiser la nuit dans mes rêves. Il m'apparaissait sous l'image classique d'un ange, avec une longue robe blanche, ses cheveux blonds en auréole. Nous jouions et riions ensemble comme du temps de notre enfance. Puis d'autres anges sont venus avec lui et ils sont devenus mes amis. Grâce à leurs leçons, j'ai appris qu'il y a beaucoup d'autres plans d'existence dans l'univers que celui que nous connaissons, que les morts peuvent communiquer avec les vivants de multiples façons, que ce que nous faisons et donnons aux autres, en bien ou en mal, nous revient avec la force du boomerang. Puis je me réveillais dans mon lit des Libellules, joyeuse comme pas permis.

Le fond de tristesse qui m'habitait depuis l'enfance se dissipa progressivement. Après avoir tant appelé la mort pour retrouver Simon, j'ai commencé à adorer la vie. Mon bonheur, c'étaient ces jours de beau temps où j'accompagnais Mademoiselle Joséphine à Saint-Nazaire pour faire des courses. Le simple fait de partager un moment d'intimité avec elle me comblait. Mademoiselle Joséphine était notre mère de substitution à tous, mais elle n'avait pas le temps de l'être en particulier. Pour bénéficier de sa présence à titre individuel, il fallait une raison majeure, maladie grave, problèmes importants, ou bien être assez grand pour l'aider dans ses tâches. Les aînés des pensionnaires s'en trouvaient naturellement favorisés. Moi, c'étaient les courses à Saint-Nazaire que je faisais avec Mademoiselle Joséphine. Je grimpais à l'arrière de son antique deux-chevaux qui cahotait durement sur le chemin de graviers. Nous débouchions sur la nationale, Mademoiselle Joséphine rabattait sa vitre, signe qu'une nouvelle vie commençait. Elle appuyait sur le champignon, prête à doubler toutes les autres voitures avec sa pétoire, même les plus puissantes ! Je crevais de trouille à l'arrière. Un concert de coups de klaxon s'élevait contre la chauffarde, laquelle feignait de s'en étonner avec une mauvaise foi sidérante :

– Qu'ont-ils tous à s'énerver ? On va prendre par les petites routes, c'est plus calme et plus joli.

Mademoiselle Joséphine donnait un brusque coup de volant sans mettre son clignotant. Je me bouchais les oreilles pour ne pas entendre les klaxons.

Sur les petites routes, Mademoiselle Joséphine s'extasiait toutes les trente secondes.

– Regarde, Rose, les beaux champs de blé ! Les vignes, les coquelicots, les bleuets !

Je ne regardais rien, je piaffais d'aller respirer l'air pollué de la grande ville. Mais avant, il fallait songer à se garer, ce qui n'était jamais une mince affaire, Mademoiselle Joséphine n'étant pas un as du créneau ! Elle ne pouvait pas manœuvrer sans emboutir un coin de trottoir ou un anneau d'ancrage, et c'était sur moi qu'elle passait ses nerfs, après :

– Enfin, Rose, sors de cette voiture et guide-moi au lieu de ricaner !

Je sortais de la deux-chevaux pour jouer les agents de la circulation, j'entendais un grand bruit de tôle froissée. La tête de Mademoiselle Joséphine surgissait de la vitre, furax :

– Enfin, Rose, pourquoi m'as-tu laissée reculer ?

Un bon quart d'heure se passait avant que Mademoiselle Joséphine parvienne au bout de ses peines. Je bouillais d'impatience, grisée par Saint-Nazaire tout près, ses relents d'essence et d'océan. Je marchais loin derrière Mademoiselle Joséphine, le regard à l'affût. Des marins en goguette me faisaient de l'œil, je faisais celle qui ne voyait rien, mais dès qu'ils me dépassaient, je louchais sur leurs pompons, mourant d'envie d'en toucher un pour me porter bonheur !

Mademoiselle Joséphine disparaissait brusquement dans l'artère principale. Ne plus voir sa pèlerine bleue me glaçait d'effroi. Je l'imaginais aussitôt volatilisée comme ma mère ! Je hâtais le pas et la retrouvais devant le magasin d'appareils ménagers de Monsieur Guéret, notre point de rendez-vous. C'était un rituel entre nous, elle faisait ses courses dans le quartier et moi je l'attendais devant chez Guéret, puis je l'aidais à porter les paquets jusqu'à la voiture. J'y serais restée pendant des heures devant chez Guéret, à baver devant la vitrine qui contenait tout ce qui faisait le bonheur d'une femme mariée, ces trésors modernes des années 50 qui me sortent par les yeux aujourd'hui, l'aspirateur, la machine à laver, le robot ménager, la télévision, cette boîte magique où le général de Gaulle se transformait en Edith Piaf d'un clignement de paupière. Je regardais défiler les images noir et blanc bouche bée. Une piqûre de guêpe ne m'aurait pas fait bouger. Mademoiselle Joséphine devait me secouer comme un prunier pour me décoller du trottoir :

– Allons, Rose, cesse de regarder ce téléviseur et aide-moi ! Il est temps de rentrer.

Les courses à Saint-Nazaire n'étaient jamais assez longues à mon gré, et le trajet du retour toujours trop court. Le château des Libellules émergeait dans la nuit, féerique avec toutes ses lumières allumées. Mes yeux cherchaient les fenêtres du dortoir des garçons où Pierrot devait me guetter, impatient de m'entendre lui raconter tout ce que j'avais vu de beau à Saint-Nazaire.

A seize ans, Pierrot ne mouillait plus son lit, mais il filait un mauvais coton. Il volait des bouteilles de muscadet à la réserve, s'enivrait, se masturbait devant ses camarades de lit, terrorisait les monitrices avec ses crises de violence. Il prenait son père pour modèle. Un père qu'il n'avait pas connu et qui purgeait une lourde peine de prison pour vol à main armée.

Avec moi, sa meilleure amie, Pierrot était plus doux qu'un agneau. Il voulait qu'on se marie plus tard, quand on ne serait plus dans ce vieux château.

Une fois de plus, Mademoiselle Joséphine avait enfermé Pierrot dans le pigeonnier. J'y suis allée une fois, une petite pièce sombre sans air au dernier étage du château qui a tout d'un cachot. Pierrot y était enfermé depuis trois jours avec de l'eau et du pain sec. J'étais malheureuse pour lui, je savais que ça n'allait rien arranger. Je savais aussi où Mademoiselle Joséphine cachait la clef du pigeonnier : dans le petit meuble, sous l'escalier... J'ai attendu que tout le monde soit couché et je suis montée au quatrième étage avec la pomme de mon dessert, les pâtes de coing de mon goûter et un paquet de cigarettes blondes piqué dans les poches de Flavie, la cuisinière, qui ne pourrait pas se plaindre puisque le tabac était interdit dans le château, y compris pour le personnel !

Pierrot était fou de joie de me voir. Il avait encore tripoté ses boutons, sa peau était tout écorchée. Il a essayé de m'embrasser sur la bouche mais je l'ai vite calmé. On a bâti des châteaux en Espagne en fumant des cigarettes, allongés sur le lit. Pierre se voyait bien menuisier à Nantes et moi actrice de cinéma en Italie. Pourquoi l'Italie ? Parce que Sophia Loren et Silvana Mangano ! Je m'étouffais, m'étranglais avec la fumée du tabac, cela faisait rire Pierrot de me voir crapoter. J'ai commencé à bâiller. Je me suis levée et j'ai quitté Pierrot pour aller me coucher, mais je n'ai pas verrouillé la porte en partant, au cas où il voudrait prendre l'air... Ça ronflait dans le dortoir des filles. J'ai eu du mal à m'endormir. Je n'étais pas tranquille. Je sentais comme un danger.

Des cris perçants me tirent du sommeil. Un visage grimaçant hurle au-dessus de moi :

– Rose, réveille-toi, il y a le feu au château !

Je sens une odeur de brûlé, je bondis du lit et cours rejoindre les autres filles, agglutinées sur la balustrade, qui grelottent dans leurs chemises de nuit. Deux camions de pompiers sont stationnés devant le château. Un groupe d'hommes dispose la grande échelle contre les murs, un autre déroule les lances à eau. Joséphine se tient au milieu du pré avec un porte-voix, entourée des monitrices qui normalement dorment toutes au premier étage.

– Mes enfants, pas de panique, restez dans le dortoir, les portes bien fermées ! Bouchez toutes les issues avec ce que vous pourrez trouver, draps, couvertures, nous allons vous sortir de là !

Je regarde vers le toit. Une épaisse fumée noire s'échappe des fenêtres du quatrième étage, du grenier au pigeonnier. Le pigeonnier ! Pierrot !

Mon sang ne fait qu'un tour. Je m'époumone à m'en faire péter les cordes vocales :

– Pierrot est là-haut, dans le pigeonnier ! Pierrot est là-haut !

Toutes les filles reprennent en chœur :

– Pierrot est là-haut ! Il est coincé dans le pigeonnier !

C'est la panique dans le dortoir et dans le parc. Des filles pleurent d'angoisse. La grande échelle se rallonge de plusieurs mètres. Nous la voyons passer devant la balustrade, puis continuer vers le toit du château. Un casque étincelant lui succède :

– Que chacune garde son calme !

Le pompier disparaît dans les hauteurs. J'ai un terrible pressentiment. Un deuxième pompier se présente à la balustrade. Il me tend la main :

– A nous ! On commence l'évacuation...

Moi qui souffre de vertige, je descends la grande échelle sans dire ouf ! Le cortège touche à sa fin quand une tourelle du château ravagée par les flammes s'effondre dans un bruit terrible. Effrayée, Lucie lâche les barreaux de la grande échelle. Je la vois tomber dans le vide. Un gros buisson amortit sa chute, mais Lucie est blessée, elle hurle et appelle une mère qu'elle n'a pas connue. Mes yeux remontent vers le quatrième étage. Je prie Simon et tous mes amis les anges de sauver mon Pierrot.

Soudain, un homme crie par une fenêtre :

– J'ai le gamin ! Il est vivant mais bien brûlé !

Ils sortent Pierrot sur un brancard, inconscient, méconnaissable avec ses cheveux roux calcinés et son visage qui n'est plus qu'une plaie noire. Deux ambulances déboulent dans le parc pour chercher les blessés. Pierrot et Lucie sont conduits à l'hôpital de Saint-Nazaire, Mademoiselle Joséphine les accompagne. Les monitrices nous installent des lits de fortune dans la chapelle, mais personne ne peut trouver le sommeil, traumatisés que nous sommes tous par l'ampleur du désastre.

Les pompiers viennent à bout de l'incendie au petit matin. Quatre mois plus tard, cloué sur son lit d'hôpital, Pierrot avoue toute la vérité à Mademoiselle Joséphine. Il s'est endormi avec sa cigarette, une de celles que je lui ai apportées en cachette, je lui avais laissé tout le paquet, et il s'est réveillé au milieu des flammes. J'aurais verrouillé la porte du pigeonnier en partant, Pierrot serait mort carbonisé.

Dans ma désobéissance, j'avais sauvé la vie de mon ami, mais cela n'enlevait rien à ma culpabilité. Les brûlures de Pierrot étaient graves, Lucie avait le bassin brisé, les dégâts matériels du château étaient considérables, j'avais mis en péril des dizaines de vies et failli détruire le château des Libellules qui servait de refuge à tant d'enfants malheureux. La sanction a été à la hauteur du méfait, Mademoiselle Joséphine m'a renvoyée. Soit Marceline me prenait sous tutelle à Paris, soit je finissais mon adolescence dans une maison de correction des environs.

L'écriture de Rose devient indéchiffrable. Je tourne la page, elle redevient lisible, une dernière rémission ?

Les graviers du chemin gémissaient sous mes pas, les pins se tordaient comme pour me dire adieu. Je me suis tournée vers le château une dernière fois. Amputé de ses tourelles, il n'avait plus aucune allure. Mademoiselle Joséphine me regardait de loin, statufiée sur le perron. Je savais qu'elle pleurait. C'était

Le récit de Rose se termine là. Ses mains folles ont refusé d'aller plus loin. Je ne suis pas trop frustrée, je connais la suite, Rose va vivre à Paris avec Marceline, elle rencontre un prince africain dans une boîte de nuit, je débarque dans sa vie sans y être invitée.

25

Tim m'annonce qu'il part à Hambourg passer une audition. S'il est pris, il ne reviendra pas à New York avec moi. Mes larmes, mes menaces n'y font rien. Le lendemain, je me réveille dans un lit vide. Tim est parti en Allemagne. J'appelle Rose pour pleurer dans ses jupons, elle ne me rate pas :

– Mets un peu d'eau dans ton vin, Minouchette ! Tu es trop possessive. Tim a le droit de s'épanouir dans son métier lui aussi, pas seulement toi.

Rose n'a pas tort, je préfère changer de sujet et la féliciter pour son livre.

– Oh, ce n'est pas vraiment un livre, juste une bafouille de bonne femme... Je l'ai écrit pour faire plaisir à mon amie Catherine, un véritable écrivain dont les livres se vendent en librairie. Elle a une sclérose en plaques elle aussi. Nous partagions la même chambre d'hôpital, on se parlait de nos vies entre deux ponctions lombaires. Catherine trouvait que j'avais une jolie façon de raconter, elle m'a conseillé d'écrire, de coucher ma vie sur le papier pour m'en libérer. Je ne pensais pas que ça me ferait autant de bien. Je ne suis pas une intellectuelle pour deux sous, comme tu sais, mais je me suis prise au jeu. Ma santé me l'aurait permis, j'aurais continué le cahier jusqu'à la fin, et peut-être même que j'en aurais écrit un deuxième sur les anges, j'ai tant de choses à dire ! Mais voilà, je ne peux plus... C'est comme ça. Tu n'as pas trouvé l'histoire trop triste, Minouchette ?

– Triste, mais gaie aussi.

– Tu as raison. J'ai beaucoup pleuré dans ma vie, et j'ai beaucoup ri.

– Maman, j'ai une chose très importante à te dire... Tu es assise ?

– Oui, ma fille, dans mon fauteuil roulant, comme toujours !

Nous rions toutes deux de ma gaffe.

– Ecoute... Je voulais te dire que Marthe, ta mère, vit encore. Elle est dans une maison de retraite à Rodez. Ton père, ce n'est pas Jules comme tu sais, c'est un Hongrois ou...

Rose me raccroche au nez. Je la rappelle, je dois tenir le combiné éloigné de mes oreilles tant elle vocifère :

– Quelle fouille-merde ! Je t'ai déjà donné mon livre, ça ne te suffit pas ? Ne me parle pas de cette bonne femme, elle n'est pas ma mère, elle n'existe pas !

– Si, elle existe, et c'est ma grand-mère ! Reste sourde et aveugle si tu veux, moi j'ai besoin de savoir qui est ma famille, d'où je viens. Et pendant qu'on y est, et puisque je suis majeure, tu vas me donner le nom de mon père, tiens !

Rose raccroche à nouveau. Le téléphone sonne, je pense que c'est elle, c'est Marceline qui vient aux nouvelles. Je lui promets de venir dîner.

*

Marceline a changé de quartier. Elle habite un deux pièces de célibataire près de la Butte-aux-Cailles, dans le 13ᵉ arrondissement. Marceline se fait un sang d'encre pour mon avenir :

– Que vas-tu faire avec ta patte folle maintenant ? Si seulement tu avais continué tes études...

– Le kiné est satisfait de mes progrès, marraine. Je vais guérir et me remettre à danser, puisque c'est mon métier.

– Ton métier ! Tout de suite les grands mots. Si tu avais passé ton bac, tu n'aurais pas été obligée d'aller jusqu'en Amérique pour te trouver un travail.

Et Marceline d'enchaîner sur ses activités paroissiales entre deux bouchées de gigot flageolets, le dernier pèlerinage à Lourdes qui a grevé le budget de la communauté, le père machin, ce saint homme, à qui elle vient d'offrir des mouchoirs brodés à la Procure qui lui ont coûté bonbon.. Marceline n'existerait pas, il faudrait l'inventer ! Elle me raccompagne sur le trottoir en clignant des yeux derrière ses carreaux. Quand vais-je revenir la voir ? Bonne question ! Je préfère rester dans le vague. J'embrasse ma marraine sur les deux joues et je file me coucher, les nerfs en pelote. Je trouve un message de Rose sur mon répondeur :

« Ecoute, Minouchette, je ne voulais pas me disputer avec toi, mais... Tout ce qui compte pour moi aujourd'hui, ce sont mes enfants et mon mari. Pour le reste, c'est trop tard. Le nom de ton père, c'est Suleyman S. Bonne nuit, ma fille, fais de beaux rêves ! »

Le feu d'artifice n'est pas terminé, je reçois un fax de Tim vers minuit.

« *Tu ne vas pas être contente, mais je te connais, ta colère passée, tu finiras par comprendre. Si je retournais vivre à New York avec toi, je risquerais de me retrouver au chômage et tu ne tarderais pas à me mépriser. Je te connais, Maya, tu ne peux pas aimer un homme que tu n'admires pas. Dans quelque temps, tu seras remise sur pied et tu ne penseras plus qu'à faire un malheur à l'A.A. City Ballet. Je ne veux pas rester en rade dans une ville où je n'ai pas ma place auprès de toi. Tu danses dans une compagnie magnifique et j'en suis fier, mais tu as un foutu caractère, tu es égocentrique, tu veux toujours avoir raison, tu dis tout et son contraire, un rien te blesse, tu changes d'avis comme de petite culotte, tu n'acceptes pas qu'on pense différemment de toi, bref, tu es une prise de tête pour un mec comme tu n'as pas idée ! Seulement voilà, il n'est pas question de te quitter, parce que je t'aime, parce que tu es la fille la plus belle et la plus bandante que j'aie jamais rencontrée, si, si, parce que tu suces ton pouce quand tu crois que je ne te vois pas, parce que tu t'enflammes et vibres pour tout et n'importe quoi, parce que, avec toi, la vie c'est les montagnes russes ou hongroises, comme tu veux, c'est fatigant mais au moins on ne s'ennuie pas. J'ai passé l'audition à Hambourg pour John N. et j'ai été pris. Je ne laisserai pas passer une telle opportunité à l'âge que j'ai, trente et un ans déjà, tu sais ce que cela veut dire pour un danseur, je suis de l'autre côté de la pente, celle qui descend... Ne m'en veux pas, mon bébé, je sais que tu vas te sentir abandonnée, mais tu ne l'es pas, je prendrai des avions dès que je pourrai pour te serrer dans mes bras. Tu restes la princesse de mon cœur, mon amour, ma précieuse, quoi encore ? Je sais que tu vis un moment pas facile, tout ce passé qui remonte, ces secrets qui explosent. En même temps, c'est magnifique, tu es en train de nettoyer plein de choses. Ton accident n'est pas arrivé par hasard comme tu le dis... Je t'encourage à retrouver ton père biologique pour que tu puisses recoller tous tes morceaux. Tu pourras faire la paix avec Charles-André, et avec nous tous, les hommes !*

« Je t'aime. Je suis toujours là.

« Your number six for ever,
« Tim. »

*

« Non, Maya, tu ne t'enfonceras pas dans le désespoir, Tim ne t'abandonne pas, tu es une jeune femme adulte de vingt-six ans, tu peux comprendre qu'il a besoin de s'épanouir lui aussi, tout comme toi, tu ne lui sauteras pas à la gorge ni ne lui arracheras les yeux quand tu le verras, tu seras gentille, douce, compréhensive comme tu ne l'es pas. En attendant, tu vas mobiliser ton énergie sur la guérison de ton genou et ne penser à rien d'autre. »

Dès le lendemain de l'opération, abrutie par les piqûres de morphine, j'avais déjà passé un pacte avec mon genou blessé : tu te rétablis avant six mois ou gare à toi ! On m'avait prélevé un bout de tendon censé faire le travail de l'ancien ligament rompu, il fallait un temps d'adaptation de trois mois avant qu'il se solidifie complètement et remplisse ses fonctions. Après quoi, on pourrait dire que la greffe avait réussi. La première semaine après l'opération a été la plus difficile et la plus douloureuse, mais après trois semaines de béquilles, je piaffais de me remettre à marcher.

Je vais chez le kinésithérapeute tous les après-midi et je peste contre la lenteur de mes progrès. « Fléchis le pied, Maya. Contracte ton quadriceps maintenant... » Et évite de mordre la main du kiné s'il te plaît ! « Soulève ta jambe, Maya, descends-la, plie le genou, doucement, en exerçant une pression sur ma main, il nous faut retrouver au moins quatre-vingt-dix pour cent de flexion, plie, pas trop, pour ne pas fragiliser ton nouveau ligament... » C'est un combat de chaque jour. Je progresse si lentement, millimètre par millimètre. Je quitte le cabinet en larmes, persuadée que je ne pourrai plus jamais danser, et le lendemain je reviens, gonflée à bloc. « Soulève ta jambe, Maya, doucement... Descends ta jambe maintenant, plie le genou... Voilà, tu y arrives ! »

Comme ça, tout doux, jusqu'au jour béni de mon premier cours de danse. Mon orgueil en prend un coup, je suis une débutante qui doit tout réapprendre.

*

Nous sommes au mois d'octobre. Ludovic est rentré de vacances. Je dois le supplier pour qu'il accepte ma visite :

– Tu dois voir tellement de gens depuis ton arrivée !

Ludovic a brutalement cessé de répondre à mes courriers, je me demandais si j'avais toujours la bonne adresse... Il n'a pas déménagé, il habite toujours au-dessus du studio de danse, mais il a beaucoup maigri, énormément, à flotter dans ses vêtements comme un épouvantail. Le chat Nijinski est mort d'indigestion, ce gros glouton. Les fenêtres sont grandes ouvertes, mais mon professeur a le front en sueur.

– Vous êtes habillé trop chaudement, monsieur Ludo ! Il fait bon dehors, c'est l'été indien.

Ludovic s'enveloppe un peu plus dans son châle, la pose affectée d'une diva :

– Je suis un vieil original, tu ne te souviens pas ? Quand les autres se dépoilent, moi je me couvre, et pas avec n'importe quoi je te ferais remarquer, avec du cashmere ! J'ai toujours horreur de la médiocrité.

Son numéro de coquetterie sonne faux. Il est pris d'une méchante toux. Je lui tape dans le dos pour l'aider à retrouver son souffle. Les os de ses vertèbres pointent sous mes doigts.

– Vous devriez arrêter le régime, vous avez perdu trop de kilos !

Ludovic a un petit rire grinçant qui m'inquiète.

– Quand vas-tu m'inviter à venir te voir danser ?

– L'année prochaine, je vous le promets !

– Qui sait où nous serons l'année prochaine... Il faut que tu viennes à mon cours, que tu voies ma nouvelle découverte, Isa, une fillette de treize ans in-cro-ya-ble, de la graine d'étoile.

Et pan, prends-toi ça dans les dents, Maya. Monsieur Ludo t'a remplacée par une autre petite fleur, tu as compris ? Toi, tu appartiens déjà au passé, comme ses photos sur le mur.

Ludovic nous sert un thé fumé. Nous nous gargarisons des potins de la planète danse, les caprices de Rudy, les amours de Misha, Patrick et ses espiègleries, Paolo qui a remplacé Jorge, Dominique et Denys... Rien n'est plus comme avant entre Monsieur Ludo et moi. Nos rires, nos phrases tombent à plat. Ma présence le fatigue et l'ennuie. Je n'irai pas à son cours, je ne veux pas voir la nouvelle petite fleur qui m'a remplacée dans son cœur, je vais me sauver de cet endroit, de cette ville qui n'est plus la mienne... Je dois me soutenir toute seule à présent, sans plus de béquilles. Que c'est douloureux de grandir !

26

Mon genou rétabli, ma technique retrouvée, je vais pavoiser au studio Rovelli auréolée de mon expérience américaine. Tout le monde veut savoir ce que ça fait de danser au prestigieux A.A. City Ballet. Le maître me couvre de compliments, je suis *bellissima* ! Je n'ai plus mauvais caractère, mes fesses sont exactement comme il faut, Rovelli m'ouvre grand les portes de sa compagnie, et je m'offre le luxe de les refuser, non sans une certaine délectation, il faut bien l'avouer. Ces temps où Rovelli jouait avec mes espoirs et mes nerfs d'apprentie danseuse ne sont pas si lointains... Je quitte le studio la tête haute. Certains diront dans mon dos « qu'elle ne passait plus dans les portes ».

Maintenant que je suis guérie, Paris m'ennuie, il me tarde de retrouver l'énergie piaffante de New York City ! J'appelle Pete le batracien et lui annonce que je suis rétablie, prête à reprendre du service à l'A.A. City Ballet. Il m'annonce que je suis *fired* !

Virée !

Prendre un cours de jazz avant une première relève de la faute professionnelle grave. Mon rêve américain éclate comme un ballon trop gonflé. Je n'arrive pas à le croire, je téléphone à Danny qui me confirme la sentence : *fired* ! Ruth la salope m'a déjà remplacée. A.A. n'a toujours pas réapparu dans les studios depuis l'article du *New York Times*, la compagnie fonctionne sans lui, Ruth aux commandes. Cynthia a quitté la troupe pour fonder la sienne, Danny me suggère de tenter ma chance. Nous nous quittons sur un *it's so bad* poignant.

Quand te reverrai-je, Danny ?

Rose avait raison, je reste en France.

*

Tu vas rester terrée chez toi, Maya, et tenter de digérer. Comment peux-tu te montrer dans un cours de danse, alors que tu as dit *bye bye* à tout le monde : « On m'attend aux Etats-Unis ! » Personne ne t'attend plus nulle part, tu es *fired* ! Bonne à passer tes journées au plumard en te bourrant de rochers Suchard. Cache-toi, vilaine erreur, et remplis tes grosses fesses, c'est tout ce que tu mérites... Repasse-toi le film depuis son début et chiale les larmes de ton corps, ta rencontre avec A.A. en Arles, tout avait si bien commencé... Et tu as tout fichu par terre. Je ne vois pas comment tu vas pouvoir te relever d'un tel échec. Autant arrêter la danse et te goinfrer d'une montagne de petites pilules bleues qui t'enverront droit chez les anges, s'ils veulent de toi ! Quand on est *fired*, on est balafrée à vie, sur terre comme au ciel. Tu peux essayer de négocier avec ta copine Vierge Marie qui a traversé l'Atlantique avec toi. Franchement, je ne vois qu'elle pour te sortir de là...

Il est 5 heures du matin. Je ne peux pas aller plus loin. Après, j'attends le jour en ruminant. Le petit chaton du voisin miaule à mort sur mon balcon, il se croit coincé, condamné sur une terre hostile, étrangère, alors qu'il lui suffirait de s'élancer sur ses pattes souples de chat pour retourner dans sa maison. Je l'engueule, ce geignard :

– Tu ne vois pas que tu peux t'en sortir tout seul ? Ne crois pas que je vais t'aider, débrouille-toi ! Allez, saute, sois courageux, fais-toi confiance !

Tu ne vas pas me croire, le chaton m'écoute, il saute, atterrit sur le balcon de son maître dans un miaou triomphant, et moi je prends une sacrée leçon : si tu ne peux plus danser à l'A.A. Ballet, patate, tu peux le faire ailleurs, chez Rovelli par exemple qui ne demande que ça. Allez, saute, fais-toi confiance !

*

Un accident, une rupture amoureuse, un renvoi professionnel, une répudiation artistique, la vie me prendrait-elle pour un punching-ball ? Rovelli me réitère sa proposition d'engagement. Elle me fait l'effet d'un filet d'eau froide sur une brûlure, ça soulage mais ça ne guérit pas.

Je me trompais...

Rovelli m'a fait attendre pour me combler au-delà de mes espérances. Pour commencer, il me fait le cadeau d'une magnifique chorégraphie, un *Roméo et Juliette* contemporain qui fait écho à mon histoire personnelle. Carl B. est mon Roméo, un danseur blond et tendre comme un bonbon anglais. Chaque soir sur scène, nous dansons ensemble l'histoire de mes parents noir et blanc face à la société des années 60, cette impossibilité de s'aimer parce qu'on appartient à deux clans différents. Le pas de deux sur la musique de Prokofiev et le solo suicidaire de Juliette sur des percussions me réconcilient avec ma double origine slave et africaine, ne manquent plus que les binious bretons !

Je danse *Roméo et Juliette* partout en Europe. A chaque spectacle, je me sens porteuse d'un message, certes utopique mais essentiel : « Aimez-vous les uns les autres quelles que soient votre race, votre religion, votre couleur de peau ! » Danser pour élever et éclairer les âmes, voilà qui est nouveau. Mon art n'est plus seulement un instrument de lutte, de revanche et de survie, le serviteur de mon ego hypertrophié, il devient un pont, un moyen de transmission et de communion avec les autres... Je découvre la richesse de mon métissage, sa symbolique de tolérance et de liberté, et j'accepte enfin sa beauté. Tout en moi se répare. Le succès m'arrive sans effort. Je le goûte, le déguste, même si je le sais éphémère comme de la poussière d'étoile. Rose m'a appris à ne pas cracher dans la soupe, ce qu'on te donne, Minouchette, prends-le, savoure-le et dis merci ! Merci, la vie ! Merci, les anges ! Merci, tous ceux qui se sentent concernés. Je goûte au miel de la reconnaissance avec allégresse. La vie est tellement plus clémente à mon égard, à moins que ce soit mon regard sur elle qui ait changé...

*

Tim et moi sommes restés des amis très chers malgré l'éloignement géographique. Ce lien d'« amouritié » qui continue de nous unir ne me comble pas. Tim a des aventures, j'en ai aussi, mais aucun de nous deux n'a retrouvé cet amour absolu que nous avons partagé ensemble. Je ne me donne pas facilement. L'homme reste pour moi un animal attirant certes, mais dangereux. Je fais en sorte de lui plaire, et je lui plais beaucoup, je le laisse m'admirer de loin, jouir de mon corps si je l'ai décidé, mais je ne m'abandonne jamais. J'ai trop peur qu'il me détruise. Alors je le surveille du coin de l'œil, et je m'arrange toujours pour partir la première. Je voudrais pouvoir aimer avec cette sécurité intérieure qui fait qu'on peut tout donner, sans avoir peur de se perdre.

Rovelli crée un nouveau ballet sur le *Requiem* de Fauré. Nous le danserons à Paris, au Théâtre du Châtelet, avant de l'emmener en tournée. Je suis Salomé qui tranche la tête de Jean-Baptiste. La secrétaire interrompt la répétition. On me demande au téléphone. « C'est urgent ! »

Rovelli lève les yeux au ciel. Encore un de ses amants !

C'est Charles-André au bout du fil :

– Maya, ta maman est partie.

J'ai le réflexe stupide de demander :

– Partie où ?

– On l'a hospitalisée jeudi dernier, elle avait du mal à respirer... Je suis allé la faire manger à l'hôpital comme tous les midis, elle se plaignait d'une petite oppression dans la poitrine, cela ne m'a pas alerté... Ils m'ont appelé au bureau... Elle est morte vers 14 heures. Ses poumons se sont paralysés, elle s'est étouffée.

Ma main enserre ma gorge spontanément. Rose étouffée ? Rose morte ? Impossible ! Je l'aurais senti, rêvé. Rose est partie, mais elle va revenir.

– Je t'attends pour préparer les obsèques.

– J'arrive, papa. Je prends le premier train.

C'est un mauvais rêve. Je vais me réveiller.

Rovelli se montre très compréhensif. Carl-Roméo me serre dans ses bras. Ils font déjà des têtes d'enterrement.

*

Rose s'est absentée comme on part en vacances après un dur labeur, mais elle va revenir. Une vraie cabotine, la reine des fausses sorties ! Combien de fois Rose nous a fait le coup « je meurs puis je reviens » ? J'avais bien remarqué, l'autre jour, au téléphone, qu'elle parlait au ralenti. Je me suis dit, ces abrutis de médecins, ils la bourrent de médicaments. Rose voulait que je vienne la voir, et je ne pouvais pas avec les répétitions du nouveau ballet. Et maintenant, c'est trop tard.

Nous sommes trois à prendre le train pour Tours, Rose, moi et Terence Trent d'Arby, « *Délicate like rain, delicate like snow, delicate like birds, délicate just so, délicate like air, délicate like breeze, delicate like you and me...* »... C'est la musique qui me fait pleurer, rien d'autre !

Baptiste et Nicolas m'attendent à la gare, blêmes de chagrin retenu. Charles-André est déjà au funérarium avec Benny. Nicolas vient de passer son permis, c'est lui qui nous conduit à travers la forêt. Dans la maison vide, le tic-tac de la pendule ancienne paraît indécent. Nous retrouvons Charles-André au funérarium. Benny est recroquevillée dans un coin, en pleurs. Charles-André caresse la main inerte de sa femme. Il lui parle comme si elle pouvait l'entendre :

– Là, ne t'inquiète pas...

Charles-André ne cherche pas à nous dissimuler ses larmes, il est tellement loin, aux confins du chagrin. La mort de Rose a fait éclater la gangue de réserve et de froideur dans laquelle il était enfermé depuis des années. Charles-André pleure et se révolte enfin comme n'importe quel être humain.

– Non, je ne suis pas fatigué, je n'ai pas faim, ni soif, là ! Laissez-moi. Ma place est ici, auprès de votre mère.

Je ne savais pas que Charles-André aimait Rose à ce point. Je n'ose pas m'approcher du corps mort de ma mère. Il me fait peur, il m'épouvante, trop raide, trop immobile, trop froid. Ce n'est pas Rose, ce corps inerte, ce visage figé, cireux... De pauvres frusques malades dont elle a dû se débarrasser avec joie. Quarante-six ans, c'est tôt pour mourir. Rose avait assez appris...

Je ne suis pas triste, je suis dévastée, mais j'ai promis, je ne pleurerai pas ! Aucune de mes larmes n'empêchera Rose de rejoindre ses amis les anges. Je sens un souffle frais sur ma joue, on dirait le baiser d'une fée, la caresse d'une plume, et ce parfum de rose qui m'emplit les narines tout à coup, d'où vient-il ? Suis-je la seule à le sentir ? Rose est dans la pièce ! Elle est avec nous, invisible à nos yeux, elle s'amuse de son spectre, se désole de notre chagrin, ne m'a-t-elle pas dit qu'elle me ferait signe de l'au-delà ? Elle me parle à l'oreille comme Bouba, *dis-leur, Minouchette, dis-leur que je vais bien, que s'ils me pleurent trop, ils vont me retenir, et moi je veux profiter de mon nouveau monde. Si tu voyais comme il est beau ! Il y a des canards mauves, des chiens qui parlent, des fleurs qui sourient. J'ai retrouvé mon petit frère Simon, et Camille, et grand-mère Berthe, et tous les autres ! Ils sont venus me chercher à la porte des anges. Personne ne t'abandonne, Minouchette, nous sommes tous avec toi. Je te promets que je ferai des allers et retours pour voir comment tu vas. Plus de fauteuil roulant, je peux marcher, courir, danser, je suis légère, si légère, olé !*

Marceline arrive dans le funérarium. Elle a oublié ses lunettes dans sa voiture, elle ne voit rien elle est perdue. Elle s'écroule aux pieds de Rose comme une baleine échouée, inconsolable de la perte de cette petite sœur qu'elle n'a cessé de tourmenter. La petite sœur de ronchonner : « Ce qu'elle me fatigue ! Qu'elle arrête de couiner. Au moins, maintenant que j'ai débarrassé le plancher, elle ne me pompera plus l'air avec ses histoires de curé ! »

*

Un crachin glacé tombe sur la Sologne, les tourelles d'un château isolé émergent de la brume... Rose a bien choisi son lieu de repos terrestre. Les parapluies n'arrivent pas à faire de l'ombre aux fleurs.

Je voudrais danser pieds nus sur la tombe de ma mère, à l'africaine. Pourquoi tant de lourdeur, de désolation, alors que Rose est libérée de sa maladie ? La tristesse pourrait se montrer plus joyeuse, il y a des pays qui le savent mieux que d'autres... L'oraison du prêtre et les chants funèbres font bâiller Rose qui s'en plaint au creux de mon oreille : *Ce qu'elle est barbante votre cérémonie, on aurait pu me trouver autre chose que ces grenouilles de bénitier qui chantent faux, pourquoi pas les Platters ou Tina Turner ? Tout ce qu'on va faire ensemble, Minouchette, maintenant que je ne suis plus malade... Shopping, théâtre, voyages, cinéma, je te suivrai dans tes tournées, je pourrai enfin te voir danser !* La mort me rend une mère toute neuve, disponible comme elle ne l'a jamais été de son vivant. Moi aussi je me sens légère, libérée de ma culpabilité de fille en bonne santé. Rose ne croupit plus dans un lit d'hôpital le corps rongé d'escarres, elle a trouvé la paix du corps et de l'esprit, j'ai enfin le droit d'être heureuse.

Le chagrin de Charles-André est immense. Je ne l'ai jamais vu avoir un geste tendre envers Rose, je ne l'ai jamais entendu lui dire « je t'aime », mais aujourd'hui, sans elle, il est perdu. Charles-André est entouré pour l'enterrement, mais on l'a laissé seul si longtemps avec Rose et sa sclérose en plaques... Elle fait peur, la grande maladie, on veut bien s'apitoyer sur ceux qui en sont victimes, mais pas l'approcher de trop près, des fois qu'on l'attraperait... Tout le monde veut offrir son aide à Charles-André maintenant qu'il n'en a plus besoin, moi la première qui dansais comme une cigale tandis que mes parents se battaient contre la maladie. Les garçons font leurs études loin de la maison, Benny a dix-huit ans dans quatre semaines, que va faire Charles-André dans sa grande maison sans la présence de Rose, ses rires, ses coups de gueule, sa folie slave pour l'égayer ? Il a passé la moitié de sa vie à la soigner, avec dignité et sans jamais faiblir ; il m'a donné son nom, une famille, de l'éducation. Charles-André mérite bien son titre de « papa ».

27

Je ne sais pas si Rose leur a donné l'idée, mais les anges recrutent à tour d'ailes sur la terre, à croire qu'ils montent un grand corps de ballet céleste là-haut ! Le sida leur fournit des danseurs par pelletées. Ludovic est convoqué à rejoindre la troupe du ciel sans avoir eu le temps de me dire au revoir, et je me demande si sa nouvelle petite fleur n'était pas une invention de sa part pour m'éloigner de lui qui était condamné... J'ai du chagrin, mais les leçons de Rose me sont d'un grand secours : les morts ne nous quittent pas, ils changent seulement de plan d'existence et continuent de veiller sur nous. Ouf !

Bien des danseurs de ma connaissance font le grand voyage, de part et d'autre de l'Atlantique, pour rejoindre Ludovic et sa troupe de lumière. A bientôt donc Alvin, Marvin, Ulysses, Roman, Alistair, Avon, George, Christophe, Keith, Kevin, Rudolf, Philippe, Michihiko, Meyer, Otis, Michel, Jacques, Alain, et tous les autres... Au-delà de la vie et de la mort, il reste l'amour, l'amour qui unit même quand on est séparé, l'amour qu'on ne sait pas toujours donner ni recevoir comme on voudrait, bien qu'on s'obstine à ne rechercher que lui. Mais pour aimer les autres, il faut d'abord s'aimer soi-même. Il me reste quelques ajustements à faire pour me sentir en paix avec ma personne... Maintenant que Rose est morte, j'ose entre prendre ce que j'ai toujours remis à plus tard : partir à la recherche de mon père géniteur, afin que mon puzzle personnel soit au complet.

*

Suleyman S.

J'ai un nom, un prénom, un âge, une description, une histoire approximative. Mon instinct me dicte de commencer mes recherches dans le Bottin parisien. Au nom de S., il n'y a pas moins de dix personnes concernées, mais sans le prénom de Suleyman. Je les appelle toutes, et débite la même petite histoire : je cherche un certain Suleyman S., un Africain d'environ cinquante ans qui était étudiant en sciences politiques à la Sorbonne dans les années 60. Un homme grand qui aime danser et porter des costumes clairs.

On ne connaît pas, on rit, puis on me raccroche au nez, on m'écoute un moment poliment, puis on m'envoie balader dans un dialecte incompréhensible, ou l'on ne décroche pas du tout... Enfin, un certain Sékou S. se montre plus patient et curieux que les autres :

– Tu lui veux quoi à Suleyman ?

Mon cœur se gonfle d'espoir.

– Vous le connaissez ?

– Je ne te dis pas que je le connais, je te demande ce que tu lui veux.

– Suleyman est mon père biologique. Il a disparu avant ma naissance. Je voudrais le voir, savoir à quoi il ressemble...

– Han, han. Ecoute, je ne peux rien te dire pour l'instant. Donnons-nous rendez-vous demain à 20 heures au Gli-Gline, un café en face du métro Crimée.

J'arrive au Gli-Gline en retard et maquillée comme une star. Le café est désert, excepté un vieil Africain en boubou bleu ciel à une table au fond, qui s'écorche méthodiquement les gencives à l'aide d'un cure-dents.

– Sékou ?

– Han, han.

– Je suis Maya, la fille du téléphone... Désolée d'être en retard.

– Tu es comme les Blancs, toi ! Ils ont tous une montre, mais ils n'ont jamais le temps.

Sékou me scrute de ses petits yeux de vieil éléphant :

– Je t'ai fait venir ici pour savoir à qui j'avais affaire. Présentement, il y a une chose que je ne comprends pas, pourquoi avoir attendu si longtemps pour retrouver ton père ?

– Je ne sais pas... Je peux m'asseoir ?

Sékou incline la tête.

– Je n'éprouvais pas ce besoin avant, pas comme maintenant.

– Han, han. Un acacia ne tombe pas à la volonté d'une chèvre maigre qui convoite ses fruits. Que veux-tu de ton père, de l'argent ?

– Mais pas du tout, je m'en fiche de son argent !

Sékou hèle le serveur d'une main nonchalante. Il commande deux grenadines sans me consulter.

– Tu t'appelles comment déjà ?

– Maya.

– Tu as déjà été au pays ?

– Non. Je ne connais rien de l'Afrique, je n'y ai jamais mis les pieds.

– Quel malheur ! Tu sais de quelle ethnie tu es au moins ?

– Peule je crois.

– Peule d'où ? Il y a des Peuls partout en Afrique ! Ce sont des nomades.

– Peule de Guinée, ou Peule du Mali... Je suis née à Paris, ma mère est à moitié bretonne, à moitié hongroise ou russe, avec peut-être du sang turc aussi...

Sékou semble terrassé :

– Ce que nous sommes est là où nous étions. Pour savoir vraiment qui on est, il faut trouver d'où on est !

Il se calme avec son cure-dents, puis redevient cordial :

– Je ne suis pas la personne que tu cherches, mais je peux peut-être t'aider. Un enfant qui refuse le conseil de l'ancien fait toujours de mauvaises rencontres ! Si nous étions en Afrique, je te dirais d'aller sous l'arbre à palabres écouter le griot du village, il te conterait l'histoire de tes ancêtres et tu serais vite éclairée. Je connais un Suleyman S. Tout le monde le connaît au pays, il est de sang royal.

– C'est lui ! C'est mon père ! Ma mère m'a dit que c'était un prince.

– Aujourd'hui, avec le pouvoir en place, Suleyman et les siens ne sont plus rien... Mon cousin Ali le connaît mieux que moi, ce sont des amis d'enfance. Je ne peux pas t'en dire plus pour le moment. Il faut que je fasse mes vérifications.

– Votre cousin Ali, pourquoi ne l'appelez-vous pas d'ici, maintenant que je suis là ?

Sékou me lance un regard courroucé :

– Dis donc, toi, tu as mis combien de temps pour chercher ton père ? Et maintenant tu ne veux pas attendre pour le retrouver !

Il émet un son guttural avec sa gorge, entre le hoquet et le gloussement, puis il déchire un coin de la nappe en papier :

– Ecris ton numéro de téléphone là-dessus... Je t'appellerai quand j'aurai des nouvelles. Et ferme ta bouche ! Moi-même, je ne vais rien dire à mon épouse, ce n'est pas que les femmes ne savent pas garder un secret, seulement comme c'est difficile, faut qu'elles s'y mettent à plusieurs !

Sékou se fend d'un grand rire rosi par la grenadine, puis il se lève majestueusement dans son boubou bleu comme un ciel d'Afrique et sort du café d'un pas hiératique, me laissant le soin de régler l'addition.

*

Sékou me téléphone quinze jours plus tard : il a fait ses « vérifications ». Il me passe son cousin Ali au téléphone, ingénieur au CNRS et grand ami de Suleyman S. Ali a une voix sèche et un français châtié :

– Mademoiselle, j'ai le regret de vous dire que vous êtes une intrigante. Je connais bien Suleyman, un ami de quarante ans que je considère comme mon frère. S'il avait eu une fille avec une Blanche comme vous le prétendez, il ne l'aurait pas laissée en dehors de la famille. Cela ne se fait pas chez nous les Africains, tous les enfants sont bienvenus. Je ne sais pas qui vous êtes, ni ce que vous cherchez, mais je ne crois pas un mot de cette histoire. Pouvez-vous me décrire votre père ?

– Puisque je vous dis que je ne l'ai jamais vu ! D'après ma mère, il était grand, mince, élégant, il était foncé de peau, il aimait danser, il portait un costume blanc...

Ali ricane dans le combiné :

– Le Suleyman que je connais a des choses bien plus importantes à faire que de danser en costume blanc ! Il est maître de conférences à la Sorbonne et bientôt père de trois enfants, sa jeune femme est sur le point d'accoucher. Vous me semblez sincère, mademoiselle, mais je pense que vous faites erreur sur la personne, Suleyman m'aurait certainement fait part de votre existence vu notre degré d'amitié. Je vais tout de même l'appeler pour en avoir le cœur net, même si je connais déjà sa réponse... Sékou a vos coordonnées, nous vous tiendrons au courant.

*

Trois semaines passent et Sékou n'appelle toujours pas. Une tournée au Canada vient me changer les idées. *Calice, tabernacle !* J'oublie mon père mirage le temps de quelques nuits québécoises torrides entres les bras d'un spectateur aux yeux verts qui a eu la bonne idée de m'apporter des fleurs dans ma loge... De retour à Paris, je trouve un message de Sékou sur le répondeur, hilare : « J'ai du nouveau ! Rappelle-moi. »

Je le rappelle. Sékou s'étouffe de rire :

– Tu aurais vu la tête du cousin Ali ! Un vrai Monsieur Je-sais-tout, celui-là. Il n'a pas été gentil avec toi l'autre jour, han, han. Hé, celui qui mange des œufs ne sait pas si la poule a mal au derrière... Suleyman a bien confirmé, il a eu une fille avec une Blanche en 1965 qui s'appelle Maya. Tu as rendez-vous avec lui mercredi prochain à la Brasserie bleue, en face de la gare de Lyon. Ne mets pas de peinture sur ta figure, trop de sel gâte la sauce !

*

Je me mets tout plein de peinture sur ma figure. Il faut que je sois la plus belle, la plus intelligente, la plus... Je vais enfin voir le prince noir merveilleux danseur. C'est l'angoisse et c'est le bonheur.

Je manque me faire coincer dans la porte à tambour de la brasserie, je me cogne au serveur qui joue les équilibristes avec son plateau de verres, je m'assois à une table au fond, face au miroir et dos à la salle, comme ça je peux guetter les mouvements de la porte à tambour, comme ça je peux découvrir mon père avant qu'il me voie... Je commande un thé que je n'arrive pas à boire, j'éternue sans arrêt dans cette saloperie de robe en angora, je suis allergique à l'angora, pourquoi j'ai mis cette robe ? Une robe de vache bretonne, blanche avec des taches noires, qui me grossit. J'ai les yeux qui piquent maintenant, le palais, le nez qui grattent... Franchement, quand je me regarde dans la glace, je ne sais pas du tout quoi penser de moi, ce que mon père va penser... Moi qui me croyais réconciliée avec mon image, je ne me plais plus du tout, j'ai peur que mon père soit déçu.

Un homme noir entre dans la brasserie, je le vois dans le miroir, lui ne me voit pas encore. Il est grand, il porte un imperméable beige, et il tient une petite mallette diplomatique à la main, ses yeux me cherchent dans la brasserie, c'est lui, c'est mon père, je le sais, je le sens, il me ressemble sans me ressembler… Je me retourne et lui fais un léger signe. Plus il s'approche, plus je me dis : « Où sont les jambes immenses ? La tête d'oiseau ? Les hanches étroites ? Où est le prince noir merveilleux danseur ? »

Mon père est un homme ordinaire. Il a des yeux en amande, des fossettes, un sourire blanc et doux. Je dis bonjour à mon père comme à un étranger. Je n'arrive pas à croire que je viens de lui. Il dit : « Tu es belle comme ta mère » et puis : « Comment va Rose ? »

Je le regarde droit dans les yeux et lui réponds :

– Elle est morte.

Pan, prends-toi ça dans les dents, mon père !

Il accuse le coup, il bredouille qu'il ne savait pas, qu'il est désolé. Il se penche pour m'embrasser, ses pommettes cognent durement mon petit nez. Mon père me fait mal à peine arrivé ! J'ai les larmes aux yeux. Mon père dit qu'il est confus. Confus de quoi ?

Mon père ne fait pas ses cinquante ans. Il a une belle peau noire sans rides, lisse et brillante comme les chocolats de Pâques. Mon père, je voudrais l'aimer, mais comment aimer ce qu'on ne connaît pas ? Il gratte une tache invisible sur la nappe en papier, l'air coupable alors qu'il n'est pas encore accusé. Il se pose en victime, c'est Rose qui s'est envolée, c'est Marceline qui les a séparés. Mon père a consulté un marabout il y a des années pour qu'il l'aide à retrouver sa fille. Le marabout a dit : « Elle n'est plus ta fille mais celle d'un autre. » Alors mon père a cessé de me chercher.

J'ai envie de lui poser les pires questions, c'est vrai que tu as enfermé ma mère et que tu l'as prise de force ? C'est vrai que tu l'as accusée d'être une fille facile pour ne pas prendre tes responsabilités ? C'est vrai que tu as pris tes jambes à ton cou comme un gros lâche ? C'est vrai que tu es le salaud décrit par Marceline ?

Je ne pose aucune de ces questions. Je ne m'en sens pas le droit. Ce qui est fait est fait, je suis née.

Mon père m'a apporté un cadeau. Il le sort fièrement de sa mallette. Le premier cadeau de mon père, c'est son curriculum vitae, pour que je sache quel grand homme il est. Je me perds dans ce fatras de licences, d'agrégations, de doctorats. Les hautes études, la connaissance, il n'y a que ça de vrai, ma fille ! On croirait entendre Charles-André. Mes deux pères craignent que je n'en sache pas assez.

Mon père voudrait que je m'extasie sur sa réussite universitaire. C'est vrai que je ne sais pas ce que c'est, moi, le travail, la lutte pour vivre et se réaliser. Je comprends le sens de son cadeau, pourtant ce n'est pas du tout celui que j'attendais. Mais qu'est-ce que j'attendais ? Que peut-on attendre d'un homme qui ne vous a jamais rien donné ?

Il prend mon silence pour de l'admiration. Nous avons le même regard, orgueilleux, dominateur, mais je ne me laisse pas impressionner, je sais trop la somme de peurs, de fragilité, de lâchetés qu'il dissimule. Mon père est un prince, le fils d'un roi, l'arrière-petit-fils d'un autre roi, et ainsi de suite depuis le XIIe siècle. J'aurais été prince moi aussi si j'avais été un garçon. C'est l'aîné de la famille qui prend le titre, et moi je ne suis qu'une fille, je suis une princesse sans titre et sans couronne, une princesse qu'on peut abandonner. Mon père trouve que je ressemble beaucoup à son père le roi, « plus que ses propres enfants ! ». Il dit bien « ses propres enfants ». Et moi je suis quoi ? Comment l'appeler, mon père ? Papa, ce n'est pas possible, la place est déjà prise.

Mon père ne veut pas entendre parler de Charles-André. Il dit : « Ton papa, c'est moi ! » Et moi je lui réponds : « Mon papa, c'est Charles-André, c'est lui qui m'a élevée ! » Mon père me regarde comme s'il allait me bouffer. Nous changeons de sujet. Mon père veut savoir ce que je fais de beau dans la vie, je dis « danseuse » en me redressant. Mon père s'affaisse, très déçu, il me voyait étudiante à la Sorbonne, comme lui. Danseuse, ce n'est pas un métier. Vraiment, je devrais le présenter à Charles-André.

Mon père s'excuse, il n'a pas beaucoup de temps à me consacrer, c'est qu'il a tant de responsabilités ! Je le rassure, cela fait longtemps que je n'ai plus besoin de lui. Mon père tient à se justifier, il me donne son emploi du temps surchargé ; la famille, ses cours à la fac, ses conférences, ses articles à écrire pour la presse politique et toutes sortes d'activités secrètes dont il ne peut pas parler. Mon père a des secrets, lui aussi. Je promets de ne pas l'embêter.

Mon père va bientôt avoir un autre enfant, il sait déjà que c'est une fille. Mon père a un garçon et une grande fille qui se croit l'aînée. La femme de mon père est son ancienne élève, elle a vingt ans de moins que lui. J'allume une cigarette. Mon père est très choqué, une fille de musulman ne boit pas et ne fume pas ! Je lui rétorque que je suis baptisée, que j'ai un penchant pour le bouddhisme, que je fume et je bois quand ça me chante, mais que j'éteins ma cigarette parce que je suis une fille bien élevée. Mon père balaie la fumée d'un air irrité. Il veut me parler de la famille, là-bas, en Afrique. Je suis passionnée. J'écoute mon père me parler de sa mère qu'il prenait pour sa tante. Mon grand-père le roi qui était splendide et qui avait six femmes. Notre très lointain ancêtre, sorcier et empereur, qui siégeait sur un trône fait en chair humaine, celle de tous les autres rois qu'il avait trucidés durant ses conquêtes ! Mes arrière-grands-parents animistes avant d'être convertis à l'islam. Ma grand-mère chamane qui partait de longues heures en brousse, parlait aux esprits et récoltait des plantes qui guérissent. Les bêtes sauvages qui sortaient de leurs tanières au crépuscule avec l'esprit des morts...

Mon père a quitté son village pour apprendre chez les pères missionnaires. Mon père qui adorait la France, Charles de Gaulle, Henry de Montherlant. Mon père qui a dû fuir son pays pour devenir quelqu'un, lui aussi !

Je suis fascinée. C'est le cadeau que je voulais. Que mon père me raconte ma famille d'Afrique, mon autre moitié, et aussi son Afrique à lui, son amour, sa blessure, sa nostalgie. Mon père vit en France depuis plus de trente ans, mais son âme est restée « au pays ». Mon père voudrait pouvoir y finir paisiblement ses jours, s'il n'était pas condamné à mort par le régime totalitaire en place. Mon père rêve d'un hypothétique changement de gouvernement qui lui permettrait de rejoindre sa terre, mais les dictateurs sanguinaires succèdent à d'autres dictateurs sanguinaires, l'Afrique s'entre-tue et mon père vieillit un peu plus chaque année en France... C'est le fils du roi qui me parle du coup d'Etat, des larmes dans la voix ; les terres, les plages, les plantations d'avocats et d'ananas, les mines de diamants, les maisons, tous les biens de la famille saccagés, spoliés, puis la fuite honteuse et la protection discrète du gouvernement français... Mon père me raconte nos secrets de famille à voix basse, les yeux mobiles comme pour se prémunir d'un éventuel espion. Mon père a l'air jeune, mais c'est un homme fatigué, usé d'attendre et de trop rêver.

Notre conversation se tarit comme le fleuve sous le cagnard africain. Pas de passé commun à évoquer, un avenir incertain, nous quittons la brasserie pressés de retrouver nos vies. Mon père propose que nous prenions le métro ensemble et me fait le cadeau royal de m'acheter mon ticket ! Nous nous embrassons furtivement, puis cha cun se sauve dans son couloir, « Château de Vincennes » pour moi et « La Défense » pour mon père. Nous nous retrouvons face à face comme deux guerriers, chacun sur un quai. Les métros tardent à venir, comme un fait exprès dirait Alice, mon père et moi nous contemplons en chiens de faïence par-dessus les rails, chacun mesurant secrètement le vide immense qui ne se comblera jamais entre nous. Le métro de mon père débouche le premier du tunnel. Mon père me fait un dernier signe, puis il monte dans le wagon et déplie un journal comme n'importe quel voyageur anonyme. Mon père disparaît comme il l'a toujours fait.

Je ne suis pas triste, je suis épuisée comme après une très longue marche dont je vois enfin le bout. Mon métro arrive. Les mêmes visages gris, les mêmes regards vides, tout est comme hier et pourtant tout est différent maintenant que je sais d'où je viens. J'ai envie de crier aux voyageurs : « Vous savez quoi ? J'ai un père et un papa ! Un Noir et un Blanc ! » Un musicien slave s'engouffre dans le wagon avec son accordéon, tu ne vas pas me croire, il joue *La Vie en rose* ! Elle me fait signe de là-haut, avec Camille. Ils sont contents pour moi eux aussi.

Cette musique après la rencontre avec mon père, c'est trop, j'ai les larmes aux yeux. Il faut que je sorte de ce métro, que je respire l'air, que je voie le ciel. Je ne peux pas célébrer ce qui m'arrive dans un espace aussi confiné. J'ai besoin d'espace, je me suis enfin reconstituée, je peux embrasser le monde, je suis dans la vie, tout entière ! Le cul entre deux chaises, mais à ma place. Je suis le chiffre trois, l'harmonie après la bataille du deux. Je suis moi et tous les autres. Je suis l'arbre, le ciel, le vent, l'eau de la Seine. Je suis l'homme, la femme, l'enfant. Je suis le Noir, je suis le Blanc. L'amour est partout quand on s'unit avec tout ce qui vit. On n'est plus jamais seul... Ce chemin, ces souffrances, c'était pour comprendre ça, quelles que soient la couleur de la peau, les origines, la religion, l'histoire familiale, on est d'abord soi, une âme unique parmi d'autres âmes uniques, et nous formons un tout indissociable.

28

J'ai fait un rêve magnifique... Un rêve si beau que j'en suis encore bouleversée. Rose me regardait dormir, elle avait le visage de ses vingt ans avec ses lèvres coquillage et ses cils papillon gitans. Elle tenait un livre entre ses mains, son livre enfin terminé. Je me suis éveillée sous les yeux de ma mère. Elle a soufflé sur le livre qui s'est envolé, puis Rose m'a prise par la main et elle m'a emmenée dans un jardin splendide. Elle marchait très bien, pas du tout comme une personne malade, c'était une joie pour moi de la voir en aussi bonne santé. Nous sommes arrivées devant une grande porte turquoise de style mauresque. Rose a frappé trois coups. Un homme nous a ouvert, beau comme un ange. Ses yeux bleus dégageaient une grande douceur et cette drôlerie qui me rappelaient mon enfance. Il m'a serrée dans ses bras comme s'il me connaissait depuis toujours, puis il a murmuré, avant de me pousser vers une lumière brillante, aveuglante comme celle du soleil ou d'un projecteur de théâtre : *Libre comme le vent !*

Cet ouvrage a été composé et imprimé par
CPI – Firmin Didot à Mesnil-sur-l'Estrée
pour le compte des Éditions Plon
76, rue Bonaparte
Paris 6ᵉ
en février 2010

Imprimé en France
Dépôt légal : février 2006
N° d'édition : 13986 – N° d'impression : 98965